KB252471

대성당의 살인

Murder in the Cathedral

T.S.엘리옷 지음 / 김 한 옮김

도서출판 동인

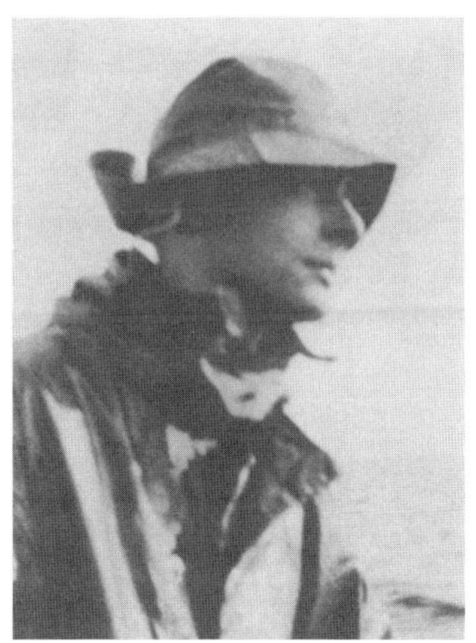

항해중인 엘리옷 그는 평생동안 바다에 대한
깊은 동경을 품었다.

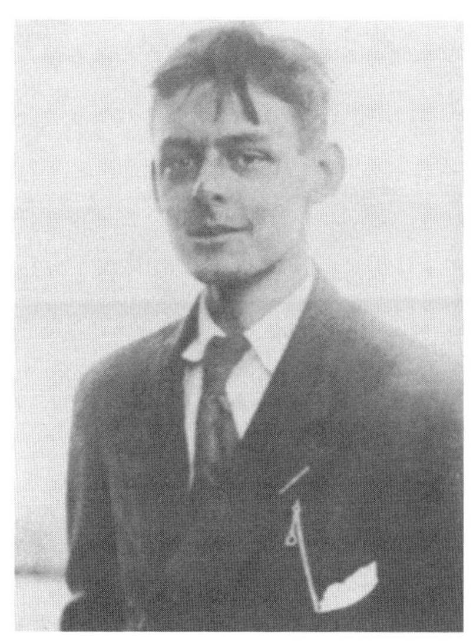

하버드 대학 1학년 당시 모습

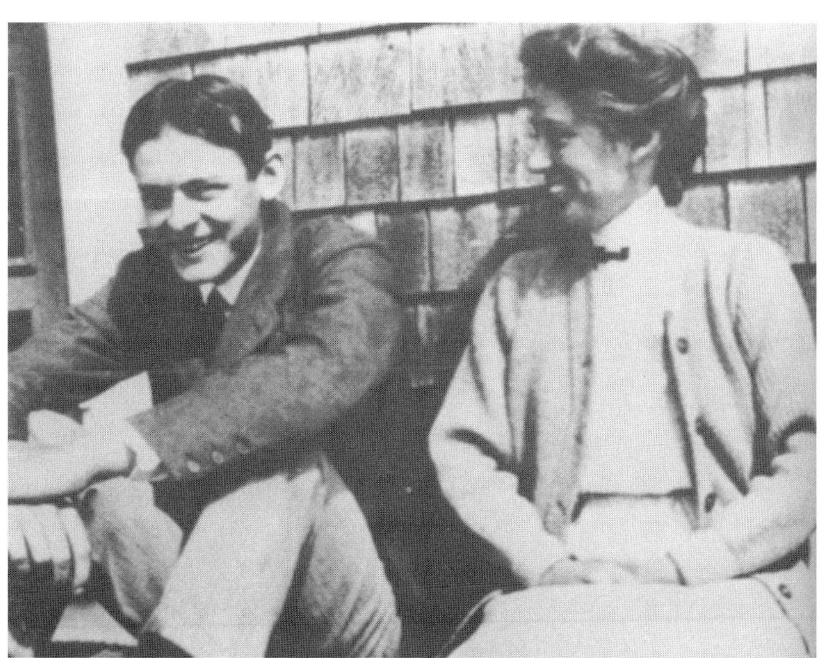

1910년도의 엘리옷의 모습

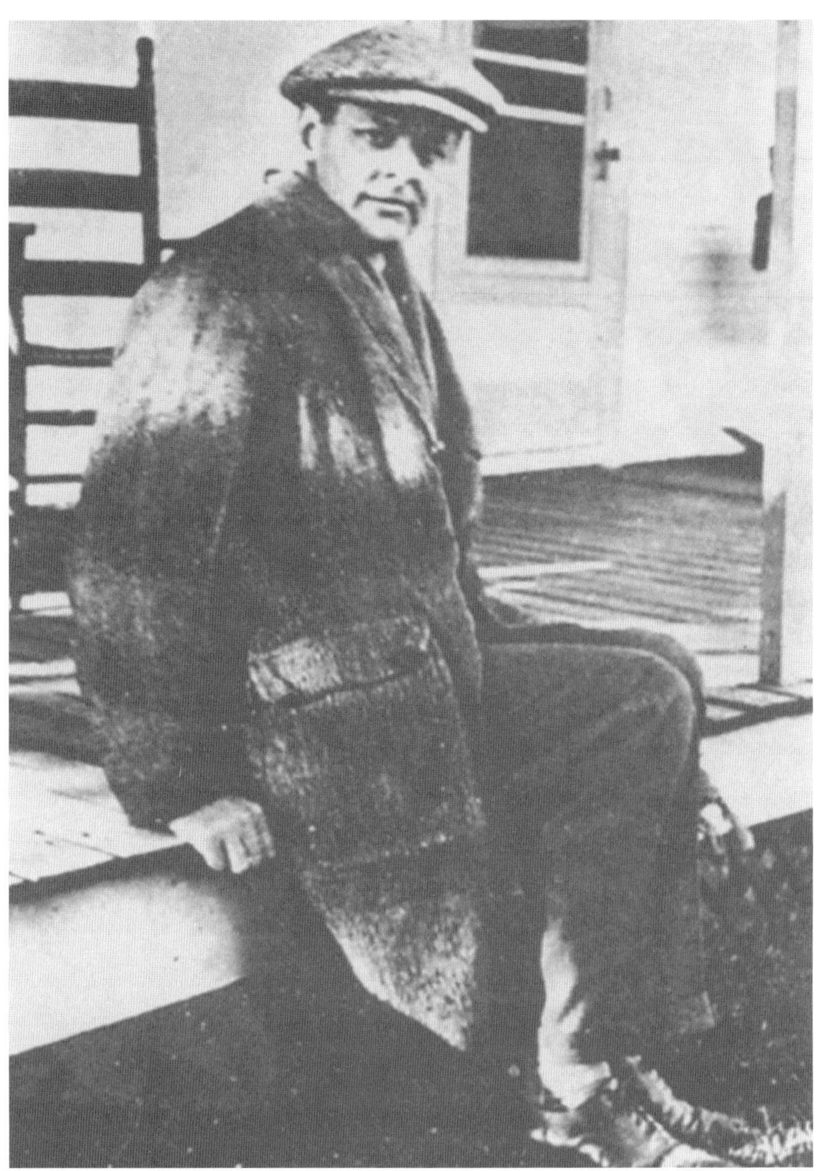

1926년 엘리옷의 모습

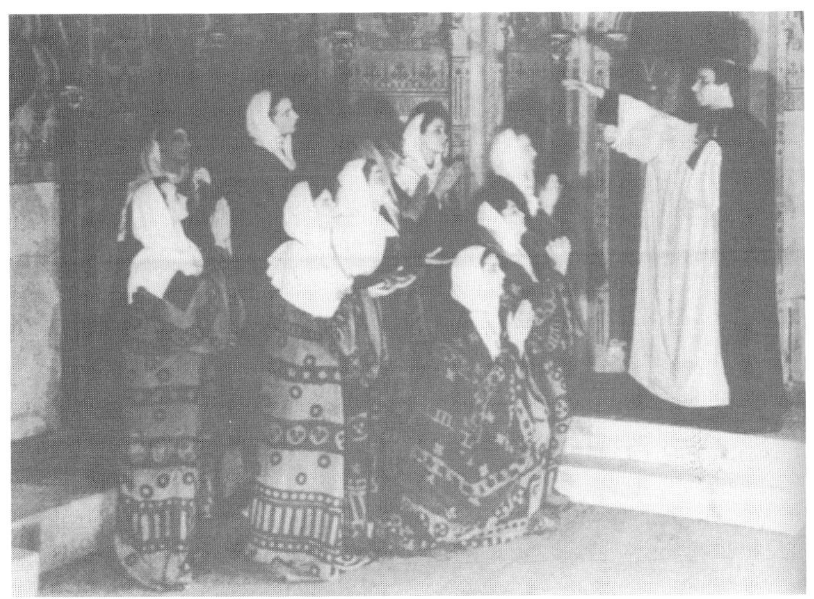

1935년 켄터베리 성당 챕터 하우스(Chapter House)에서의 『대성당의 살인』 공연의 한 장면.
로버트 스페이트(Robert Speight)가 베케트역 맡음.

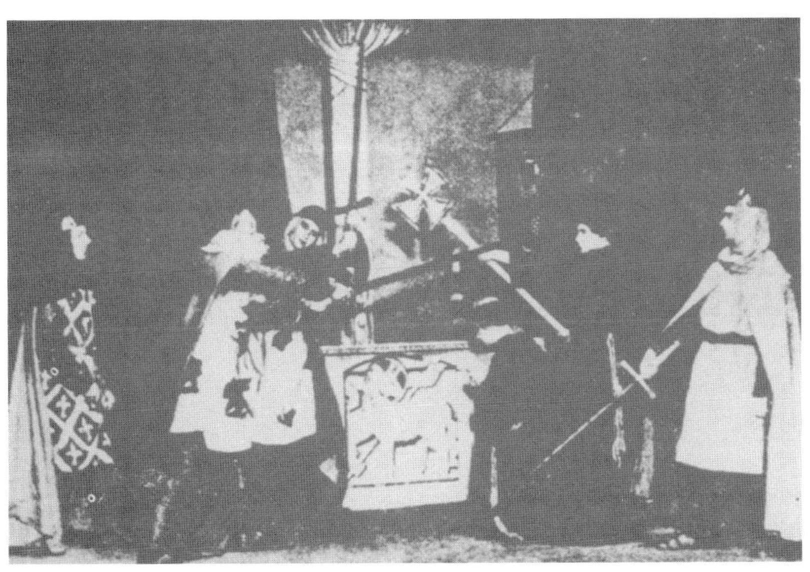

1935년 켄터베리 성당에서의 『대성당의 살인』 공연의 한 장면.
마틴 브라우네(Martin Browne) 기획.
베켙(로버트 스페이트역)을 공격하는 네명의 기사들.

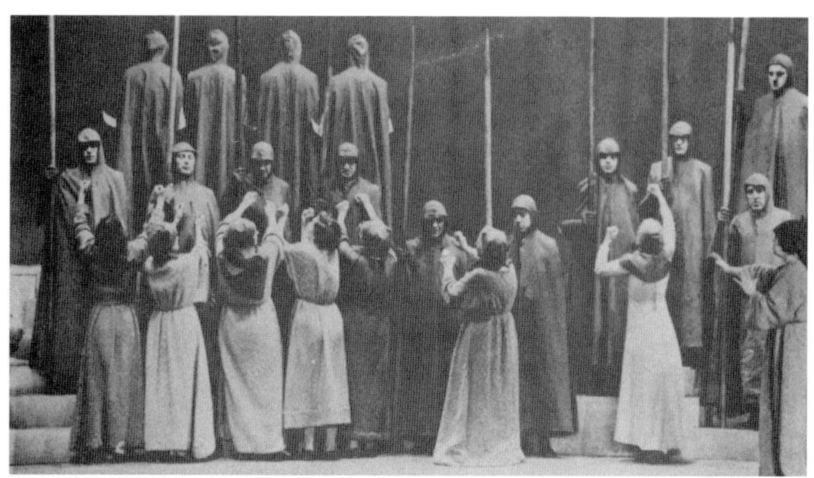

1936. 뉴욕 맨해탄 극장에서의『대성당의 살인』공연의 한 장면
(링컨센터뉴욕공립도서관 소장)

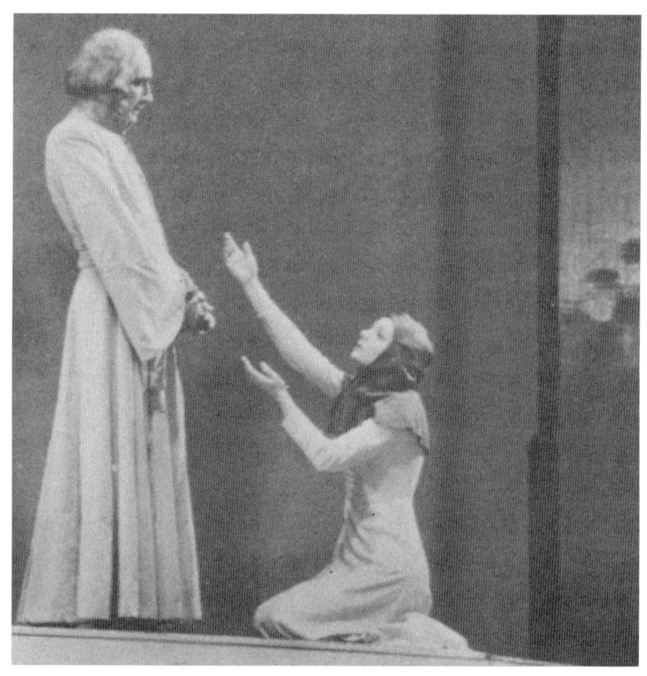

1936. 뉴욕 맨해탄 극장(Manhattan Theatre)에서의『대성당의 살인』공연
의 한 장면.(링컨센터뉴욕공립도서관 소장)
토마스 베켈(해리 얼빈역)에게 탄원하는 켄터베리 여인(카멜리아 켐벨)

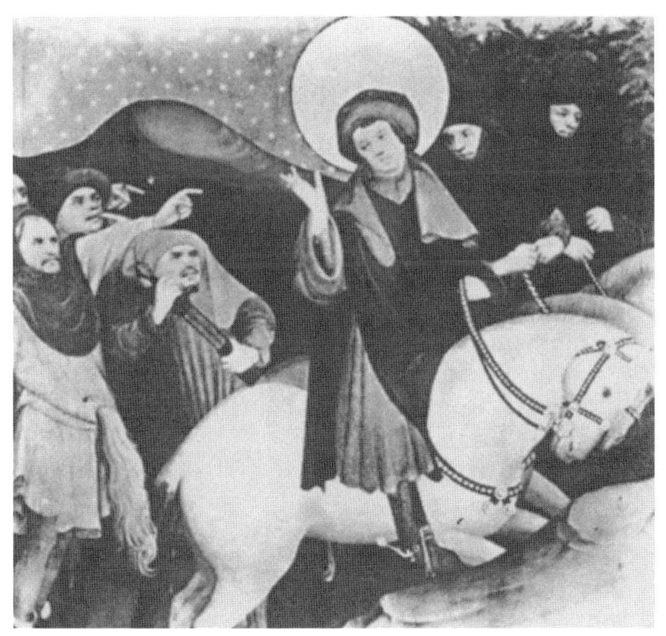

야유당하는 켄터베리 대주교 토마스(프랑케 그림 함부르크 미술관 소장)

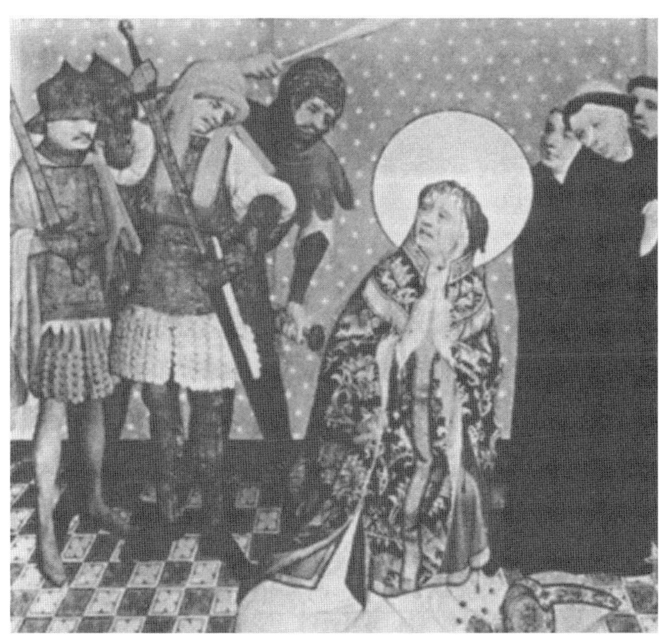

켄터베리 대주교 토머스의 순교(프랑케 그림 함부르크 미술관 소장)

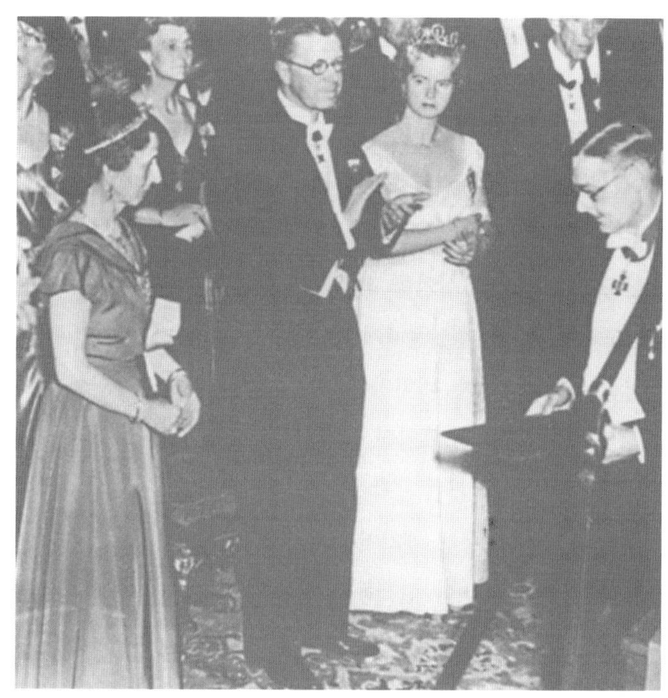

1948년 노벨문학상 수상식

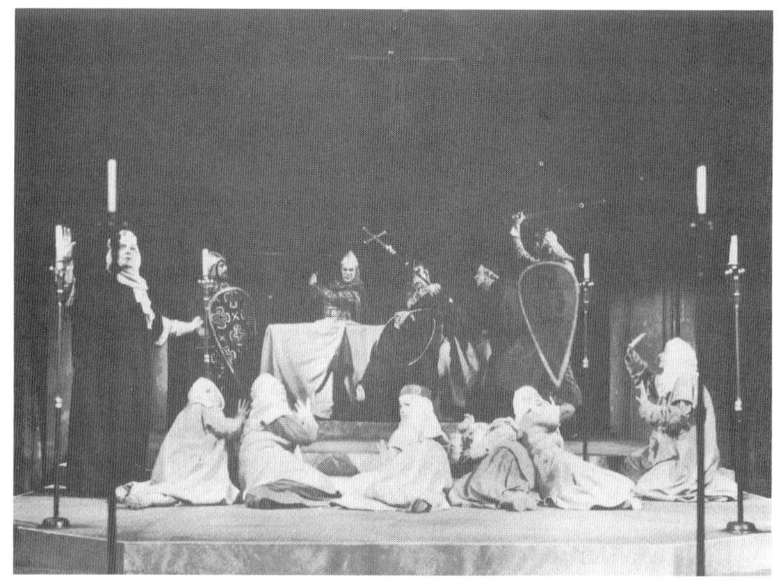

1970년 켄터베리 성당에서의 『대성당의 살인』 공연

목 차

"축복받은 토마스여, 우리를 위해 기도해 주옵소서"

『대성당의 살인』이 한국 무대에서 겪었던 특이한 운명과 역사를 드러내주고 있는 다음의 글은 이제 공개해도 좋을 역사의 시점이기에 역자후기를 대신하여 여기에 싣는다.

2001년 9.11.이 있었던 몇 달뒤에, 한국 T.S. Eliot학회에서는 『엘리옷을 기리며』라는 제목아래 이 시인을 기리고 기억하고 싶은 한국의 학자들이 그를 추모하며 그와 그의 시들에 대하여 쓴 글들을 모아서 책을 펴냈다. 이 책의 한 모퉁이를 담당해달라고 청탁받았을 때, 나는 위의 제목아래 이렇게 부연했다.

"주여, 괴롭습니다. 우리의 앞길이 어둡습니다. 이 땅에 진정한 평화를 성취하는 길은 무엇입니까? 우리를 인도해주소서."

6년전인 2001년 9월 우리는 이 지상의 지식과, 과학과, 테크놀로지의 최고의 성취물이 어느 날 아침 돌연히 가장 원시적인 형태의 자살충동을 수반하는 자살폭격이란 테러의 이슬아래 재로 화함을 지켜보며 경악했다. 또다시 문명의 토대의 허무성을 직시하며, 그 이후로 저 충격에 잇달아 예고되었던 폭력의 복수전이 지속되는 가운데 교전중인 이 땅은 전면전의 위협 속에서 위의 기도가 절실해지는 오늘이기에, 엘리엇이 규격화된 문명의 황량한 들판위에서 환멸과 혐오를 키우는 "황무지"에서의 탈출을 추구하던 끝에 도달한 그의 길은 다시금 새롭게 다가온다.

Ⅰ. "위대한 톰"

　　대학시절 이근섭 교수님과 김영일 교수님의 영미시 과목을 수강하며 엘리엇을 처음 접하게 된 이후로, 왜 그는 2020년이 되기 전까지는 자신의 전기를 쓰지 말라고 유언했을까? 하는 물음은 오랜 궁금증으로 남았다. 그 후 1974년 서울 종각인가 시청 앞인가에 있던 U.S.I.S. 도서관에서 금방 갓 구워져 나온 빵처럼 따끈따끈한 인쇄기의 열기가 느껴지는 듯한 금방 도착한 『위대한 톰』(*Great Tom*)이라는 그의 최초의 전기(T. S. 매튜즈가 쓴)를 접했을 때 가슴이 뛰었다. 『현대문학』 등 모든 문학지의 내용이 우리문학일색이던 당시에 유일하게 일반문학지로서는 해외문학에 1/3의 지면을 할애했던 『문학사상』에 다행히도 소개할 신나는 기회를 갖게 되었다. (이 자리를 빌어 당시 주필이셨던 이어령 선생님께 감사드리는 것은, 글이 좋다고 여겨지면 무명의 시골 청년도 기필코 기억하시고 지면을 주신다는 그분의 마음이다. 덕분에 아무 직함도 없던 대학원 갓 졸업한 풋내기였던 나는 몸과 마음이 가장 형편없이 가난하던 그 시절 일과 고료를 벌 수 있었다.)

　　이 일은 엘리엇에 무척 심취하게 만들어 가끔씩 나는 그의 꿈을 꾸었다. 꿈속에서 그는 어느 여름날, 가운데 가르마를 한 머리에 검은 안경을 쓴 저 이지적인 하버드생의 모습으로 대홍동 우리 집을 찾아왔고, 우리 마당에서 키우던 토마토를 나누며 긴 여름의 오후 장시간 마루에서 진지한 모습으로 머물다 가기도 했다. 또 어떤 때는 빵을 벌기 위해 어린 소년들에게 붙어, 산수, 그림, 수영, 지리, 역사, 야구를 가르쳤다던 그는--그 와중에서 느꼈을 고단과 슬픔이 나에게 진하게 다가왔던 때문인지--(특히 무척이나 그에게 안 어울릴 종목인 듯싶었던) 수영지도 후에 지치고 시린 얼굴로 소년들이 다 떠나간 수영장의 수면을 어둠이 내릴 때까지 하염없이 내려다보던 모습으로 꿈속에서 나를 찡하게 하기도 했다.

『위대한 톰』은 결국 많은 의혹을 풀어주지 못한 채 난처한 표정을 짓고 있었는데, 정작 긴요한 자료들은 엘리엇의 유언을 존중하기위해 50년의 함구를 고수하기로 한 이상, 저자는 『엘리엇 전기』대신 『엘리엇의 규정을 위한 기록』이라는 소박한 부제를 붙이고 있었다.

한 인간의 생애에 관한 지식은 주로 기록보관인에 의존해야 할진대, 기록보관인은 또한 무엇에, 누구에게 의존해야 할 것인가? 옹호자라면 받은 질문에 완전히 솔직하게 답변하기가 힘들 것이고, 또한 증인들의 말은 서로 상반되거나, 잘못 기억되거나, 때로는 거짓말을 하기도 일쑤일진대...

『위대한 톰』은 다음과 같은 거북스런 질문들을 남겨놓고 있었다. 엘리엇은 누구였는가? 왜 그는 사생활을 비밀에 붙이기를 원했는가? 그것이 공개된 후 어떤 형태의 용서가 주어질지 예측할 수 없어 불안했던 것일까? 그의 시 속에서 사람의 눈이 닿을 수 있는 것 이상이, 혹은 그 이하가 있는 것일까? 그의 시는 어느 정도까지 표절과 개작에 의존하고 있는가? 그는 사이비 학자였는가? 그는 음치였는가? 그는 가짜 성인이었는가? 그는 어떤 종류의 미국인이었는가? 그는 크리스챤이었는가? 왜 그는 에즈라 파운드의 *The Waste Land* 편집을 그렇게도 온순히 받아들였을까? 파운드가 엘리엇을 창조한 것이었나? 그의 희곡들은 과연 쓸모 있는 것이었을까? 왜 그의 첫 번째 결혼은 그다지도 불행했을까? 그는 동성애를 즐기는 사내였는가? 버트란트 러셀은 그의 첫 아내를 범했던 것일까? 왜 『Ode』는 한 번 출판되고는 이내 삭제되었는가? 왜 그는 첫 번째 아내를 버렸을까? 그녀가 미쳤기 때문인가? 과연 그녀는 미쳤던 것일까? 아무튼 그는 그녀를 버려야만 했을까? 엘리엇의 영향력의 깊이는 얼마만한 것이었던가? 그는 위대한 시인이었을까? 아니면 소름끼칠 정도로 교묘한 사내였을까? 그의 말년의 행복은 그를 공포로부터 구원하여 그를 그저 한낱 멍텅구러기로 변모시킨 것은 아닐까?

그의 첫 아내는 과오를 범한 것인가? 그녀는 남편의 "스파르타적 지위에 대한 옹호를 포기하고 페르샤를" 통과시키고 있는 것일까? 결국 엘리엇의 유언은 존중되어야 할 것인가?

한 평생 그의 시의 공명판으로 불리 울 만 하다는 여인, 『네 개의 4중주』 중 첫 장면이 되는 번트 노튼으로 그를 소개했다던 에밀리라는 여인의 모습은 이 시에서 "그대와 우리"에 함축되어 있고, 『가족의 재회』에서 아가타역으로 등장시키고 있으나... 그의 나이 25세 때 17세의 그녀를 만난 후 평생 이어졌던 그녀와의 우정에도 불구하고 (28세 때의) 첫 번째 결혼만큼이나 서두른 그의 은밀한 재혼은--68세의 나이에 40년 연하인 그의 비서와의--그녀가 갈망하고 전적으로 신뢰했던 거의 흠 없는 인간 엘리엇에 대한 영상을 그녀로부터 앗아갔고, 그녀는 결국 혼자 병원에서 독신녀로 죽어갔다는 이야기는 결국 탁월한 인간 엘리엇은 성자는 아니었다고 결론지을 수밖에 없게 한다. 그들의 생이 그렇게 되어진 것은 차라리 잘된 것이었을까?(엘리엇이 에밀리에게 보낸 천 통 이상의 편지는 그녀의 요청과 그들 사이의 약속에 따라 2020년 1월1일까지 프린스톤대학 도서관에 잠겨져있을 것이라고 했다.)

"나는 20편의 장시의 소재 바로 그 자체 속을 통과하며 살아왔다"고 서술하던 그의 결혼 후 첫 6개월 이후, 체중과소, 만성치질, 작품에 대한 근심스러운 긴장, 비비안느의 신경위기와 발작이 경악으로 이어지는 불안한 밤들, 자신의 괴로운 몽상들과 불면증, 생존의 불안 등을 통과해 온 그였지만, "나에게 노인의 지혜보다는 차라리 그들의 오류를 돌려 달라"했다던 그의 말은 묘하게 감동적이었다.

그에 대해서 분명히 말할 수 있는 것은 그는 우리 모두가 경탄할 수 있는 방식대로 숙고하고 행동하고 말하고 쓰는 류의 인간이었다는 점이고 결국 우리는 오직 이런 인간으로부터 배울 수밖에 없다는 점이다. 무한히 고통하는 그가 세상에 내보이는 그의 얼굴은 또한 "무한히 관대한"것이었다. 평생을 걸려 그의 추구가 도달한 해답과 구원의 길은 무엇이었을까?

　가난하고 병들었고 불행했던 그의 첫 결혼("… 괴로웠다./신랑이 그의 머리칼을 쓸어 넘겼을 때,/침대위엔 피가 있었다./아침이 이미 기울었다."에서 그의 고통스런 절규가 묻어나는 듯했던)의 여인 비비안느를 말없이 떠나, 18년 만에 고국 땅을 밟고 1년 후 돌아온 후 다시는 "욕망"이라는 죄목의 "범죄"로 일컬어질 옛 결혼생활로 돌아가지 않았다는 그. 다리불구인 친구 존 헤이 우드의 집에서 같이 기거하던 중 1935년 켄터베리 성당의 페스티발을 위해 썼던 저 예배극『대성당의 살인』. 영속적인 가치의 부재 속에서 혼돈과 격동의 시기에 쓰여졌던 이 극이 1940년대의 절망적인 세계를 향해 "진정한"기독교의 복음을 설교하게 되리라고는 엘리엇 자신도 예측할 수 없었다고 했다.

II. 예배극으로 쓴『대성당의 살인』

　"교회문은 열려져야한다, 적들에게까지도!"

　『대성당의 살인』의 클라이막스라고 부르고 싶은 토마스 베케트의 이 외침은 자신을 죽이러 온 국왕의 기사들이 아니라 교회문에 빗장을 걸려는 사제들을 향해 던져진 것 이었다! 결코 극화된 베케트의 죽음을 극의 중심으로 설정하지 않고 있는, 실제로 행동이라는 것이 없다고도 볼 수 없는 이 극에서, 주인공의 힘찬 저 외침이야말로 무대 위의 다른 인물도 관객도 화들짝 일깨워놓는 힘을 가지고 다가왔다.

　"인간은 자신의 구원을 향한 추구를 저지하는 세상의 어떤 방해로부터도 자유로워야하며, 사회는 인간이 '신과의 관계'속에서 그의 전 휴머니티를 개발시키는 책임을 자유롭게 감당할 수 있는 분위기를 마련해 주어야 하는 적극적인 의무를 띤다"고 주장했던 엘리엇의 모든 극들은 어떤 방식을 통하여서도 이 인간해방이라는 개념을 다루고 있었다.

엘리엇이 궁극적으로 그가 보여주고 싶어 했던 자신의 종교적인 직관을 담아 줄 완벽한 그릇으로서 드라마를 택했던 이유--연극이 갖고 있는 제의적인 기원과, 완결된 질서를 보여주는 극적 세계를 제시해 줄 수 있는 가능성--를 『대성당의 살인』은 충분히 말해주고 있었다. 그의 첫 종교극『바위』의 원형을 희랍이나 중세극에서 찾아보려 했던 시도이후, 다음에 나온 이 극에서 그는 희랍이나 중세극 못지않게 성공회 제의와의 만남을 꾀함으로써 정통비극에 가까운 현대비극의 대표적 시극을 탄생시켰다.

오늘날 현대서구의 무대가 두드러지게 보여준 제의적 연극의 공연과 실험은 결코 어떤 새로운 형태의 현상이 아니라 연극이 본래적으로 갖고 있던 것에로의 환원일진대, 일찍이 엘리엇은 연극의 제의적 중요성을 파악했다고 보여진다. 사무엘 베케트나 헤롤드 핀터가 부각하는 연극의 현장성과 함께,『에쿠스』같은 작품을 통한 피터 셰퍼가 강조하는 연극의 제의성은 오늘의 서구무대의 한 방향을 제시해주고 있고,(베케트를 제외하고) 이들 모두가 생존하고 있는 작가인데 비해 엘리엇은 사후 40년이 지났음에도 불구하고 그의 작품이 꾸준히 재평가 받는 것은, 바로 이 점--연극이 본래적으로 갖고 있던 이 제의성--에 대한 깊은 통찰과 동시에 시대를 앞서가는 작품(이 본래적인 것에로의 진정한 대환원은 즉 이와 통한다고 보는데)을 썼기 때문이라고 보여 진다.

"운명적인 해후"라고 부르고 싶은 이 극과의 만남은 1977년 여름 당시 현대극단의 번역요청과 함께 일어났다. 현대극단은 그 이전 해에 세계적으로 아주 대중적 인기를 모았던 프랑스의 여가수 에디뜨 삐아프의 생애를 극화하여 윤복희를 주인공으로 무대에 올린 것이 대 성공을 이루었고, 덕분에 (예나 지금이나 고전을 면치 못하는 극계에서 부러움과 동시에 시샘을 샀던지) "상업주의 극단"이라는 열화와 같은 비난의 세례를 받게 되었다 한다.

철학과 출신인 현대극단의 김의경 대표님은 이러한 불명예를 만회하기 위하여 예배극에 특히 관심과 조예가 깊은 이반 교수님(현재 숭실대교수) 연출 하에 격조 높은 예배극을 보여주기로 하고 정했고, 그래서 선정된 다음 공연의 레파토리가 엘리엇의 『대성당의 살인』이었다고 한다.

이 극의 우리말 번역은 나와 있었으나, 이 글을 여러 번 고쳐 쓴 엘리엇이 죽기 전 마지막으로 펴낸 최종본의 번역은 안 나왔던 당시 나는 공연을 전제로 한 이 최종본의 새로운 번역을 요청 받았었다.

연출은 물론 당시의 캐스트와 스텝이 어찌나 진지하고 열심이었는지 나는 예술을 사랑하는 인간들의 아름다움을 접할 수 있었던 선물을 허락한 신께 감사하는 마음으로, 나의 첫 연극 번역 작품이었던 『성당의 살인』을 위해 온 "순정"을 다 바쳤던 것 같다. 실제로 대사와 함께 걸음을 떼어보기도 하고, 달려오기도 하며, 한 행 한 행 대사를 다듬어 나갔다. 매일 연습장에 출석하다 시피하며, 실제 공연 상에서 호흡이 맞지 않는 부분은 원작의 의미를 다치지 않으면서 보다 고른 호흡을 돕도록 다시 다듬어 나갔고, 모호한 텍스트의 의미에 대한 캐스트의 어떤 질문에도 도움을 주려고 최선을 다하노라 했다. 나 자신뿐 아니라 그 몇 달 동안 모두는 이 극에 진정으로 빨려 들어 갔던 것 같다.

> 이제 우리는 여기 서있다
> 성당가까이에.
> 우리의 발길을 이끄는 것은 무엇일까?
> 어떤 예감이
> 우리에게 명하는구나.
> 일어날 어떤 것의 증인이 되라고.
> ....
> 이제 고요하던 계절들이 동요될까 두렵구나.
> 겨울은 바다로부터 죽음을 몰아내고
> 파멸의 봄이 우리의 문을 쳐부수리라.

18

“조각난 삶이지만 삶을 영위해 온” 켄터베리의 가난한 여인들의 기다림과, 절망, 고통, 앞으로 다가올 것에 대한 떨리는 공포를 그리도 낭낭히 전하던 코러스장 역의 백성희씨의 이 첫 대사부터 이 극은 혼을 사로잡는 마력을 가지고, 배우들을 구도자로 만들어 가는 듯 했다.

토마스 베케트역의 이호재가 세 유혹자들을 물리치자, “토마스 잘 해내셨습니다”하며 다가온 자에게 토마스가 “영원한 왕관은 없단 말인가?”고 절규하자, “있다, 토마스, 일찍이 넌 그것도 생각해 보았다. 하느님의 존재 안에 영원히 거하는 성자의 영광에 비할 것이 어디에 있겠는가? ... 그래 순교자의 영광을 생각해 봐”라고 말하며, 파고드는 스스로의 내면의 목소리처럼 다가오던 제 4유혹자 전무송의 천재적 연기는 베케트를 소스라치도록 놀라게 하기에 충분했다. 저 내면의 고뇌를 거친 후 도달한 참 평화의 의미를 성탄메시지에 담아 전하던 베케트의 성탄설교는 (배우 이호재 자신의 육성이 되어) 얼마나 생생하게 다가왔던지... 선량하나 혼돈과 격동 속에서 갈피를 못 잡은 젊은 사제, 신부2의 역이 그리도 제격이던 김갑수, 무용도 빼어났던 무명의 코러스 여인들을 맡았던 노영화등의 젊은 여배우들의 혼신을 다하던 몸짓들...

이 예배극의 의미를 가장 효과적으로 살리기 위해 적절한 장소로서 제일 먼저 지목된 곳은 명동성당이었으나, 저 “명동성당사건”의 상흔이 생생하던 당시에 장소사용 허가가 나질 않았다. 그리하여 다음 장소로서, 교회내부 앞면 대리석 제단 위 천정까지가 12m에 이르며, 천정을 이루는 스테인드글라스가 아름답다는 초동교회가 거론이 되었다. 담임목사인 조향록 목사님과 교회측은 이 공연을 성탄예배의 일부로서 보기에, 교회를 공연장으로 제공한 데 대한 대관료는 받지 않기로 정했다고 했다. 이 흔쾌한 허락에 감사하는 마음으로 극단 측은 첫 날 공연은 (1977년 12월 17일로 기억한다.) 교인들을 위해 무료공연을 제공하기로 하고, 둘째 날부터 받게 될 관람료의 수익금의 일부를 성의껏 감사헌금으로 내기로 정했는데, 이러한 모습들은 참으로 아름다웠다.

　연습이 무르익어 가던 어느 날, 극단 측은 나를 불렀고, "공연윤리 위원회"에 제출할 심사용 대본의 "가위질"과 "손질"의 양해를 구했다. 그것은 나의 살점이 떨어져 나가는 듯한 아픔이었다. 그래야 심사에 통과되는 현실임을 주지 당한 나는 "세속과의 타협"이라는 쓰린 첫 경험을 치렀다. 저렇게 긋고, 빼고, "손질"당한 저 대본이 제출된 이후 공연날짜가 다가와도 오랫동안 소식이 없었다.

　공연을 앞둔 지 두어 주 전이었을까? 어느 날 연습장에 들어섰을 때, 짙은 눈썹과 강한 마스크의(그러나 참 선량했던) 기사1역의 배우 김병삼씨의 젖어 있는 눈시울을 목격했고, 공연장 전체를 납덩이처럼 내려 누르는 침묵의 무게 속에서 무슨 일인가를 감지하려고 노력하던 순간, 탁자 위에 펼쳐진 공연 윤리위원회에서 날아온 최종선고를 발견했다. "본 작품은 국민의 여론을 오도할 가능성이 있는 작품이므로 공연허가를 금함…앞으로 역자는 시대와 조류를 참작하여 작품을 선정하여야 할 것임." 공연윤리회보에 게재되었던, 이 선포는 여차하면 안기부에 송치될 수도 있었던 얼마만한 무서운 구속력을 가지고 있었던 말인지를 나는 그 당장은 잘 몰랐다. 한번 지각도 않고 매일 모여 그 여러 달 동안 한 행 한 행 곱씹으며 다듬고 또 다듬으며 언어와 몸짓을 연마해 가던 저 연습팀은 전지전능한 "공연윤리 위원회"(반드시 안기부에서 한 두 명이 위원으로 포함되었고, 위원들 중 대다수인 전공자들은 소수인 그들의 눈치를 봐야했다는데)의 한마디 선고에 의해 즉시 해산되었다! 침묵 속에서 울음들을 애써 삼키며 때 아닌 오전에 연습장을--마지막으로--등지고 내려오던 엘리베이터 속에서 물밀 듯 다가오던 박탈감과 허무감. 그것은 울음조차 삼켜진 채 지극히 고요한 정적만이 감도는 상가를 방불케 했다. 예술과 문학의 자유의 시체를 놓고 둘러싼. 저 켄터베리 여인들의 고뇌에 찬 불안과 공포, 희망과 절망을 함께 공감하며, 엘리엇이 베케트의 입을 빌어 전하는 진정한 평화의 의미를, 진정한 구원의 메시지를 체험할 저

소중한 기회를, 아무 저의 없이 모여든 선량하고 소탈한 한국 관객으로부터 무슨 권리로 누가 박탈할 수 있단 말인가? 모두들 가슴 저 깊이 분노의 자락을 누르고 있었다.

그 이후 박대통령 통치하에서는 공연허가 금지 극이 되어버린 이 극의 대본은 금서처럼 깊이 서랍 속에 넣어졌다. 1979년 10월 박대통령의 서거 소식이 들렸다. 그러나 다시 전두환 정권이 들어섰고, 군사정권이 계속되는 한, "신의 질서 위의 어떤 질서도 인정할 수 없다"는 토마스 베케트의 위험 천만한 신앙심을 실은 이 극은 다시 박정권 시절의 운명을 걷게 되었다.

그러던 중 1982년 이화여대 대학교회 산하 성경연구 모임으로부터 연락이 왔다. 그들은 일 년 내내 "참 신앙은 무엇인가?"라는 주제로 열심히 읽고, 토론해 오던 중 "순교자의 영광마저도 포기하는 것"이라는 결론에 이르렀다 한다. 그 일 년의 공부를 마무리하는 결실로서, 진정한 순교의 의미를 보여주는 엘리엇의 『성당의 살인』을 그 해 크리스마스 예배의 일부로서 공연하기로 정하고, 연출을 맡기로 한 이 성경연구모임의 지도자 최영실선생님(현재는 성공회대 신학과 교수)이, 세상의 빛을 보지 못한 저 대본을 이대 중강당 무대 위에 올리자고 제의해 왔다. 순수한 예배극으로서 성탄예배의 일부로(1982년 12월 24일 저녁 성탄예배시 일회 공연) 기획된 이 공연은 참으로 축복해 주고 싶은 것이었고 이 시도는 엘리엇도 무덤 저편에서 기뻐해 주리라 확신이 갔지만 참으로 마음이 무겁고, 떨렸다. 이 공연 기획자는 아무 힘없는 한 여자 강사(당시 이대 기독교학과 강사)에 불과 했는데 안기부요원은 "무소부재" 하고 "전지전능"했었으므로, 그녀의 앞날도 걱정되었고 공연을 허락한 대학교회 담임목사 김홍호 목사님의 앞날도 걱정되었다. 이 공연을 알리는 한 장의 포스터도, 손바닥만한 전단 한 쪽도 없이, 그 날 주보의 예배순서에조차 포함되지 않은 채, 목사님의 설교와 예배에 이어 그대로 잇달아 진행된 이 공연은, 일회성과 현장성과 제의성이라는 연극의 특성을 총동원하고 이용하여서만 가능할 수 있었던 실로 아슬아슬했던 사건이기도 했다.

그날 밤 어찌 알았던지 안기부로부터 두 명이 왔고 시종일관 착석하여 관람했는데, 극이 끝나는 순간 수갑이 채워질지도 모를 비장한 일분 일분이 지나가는 속에서 공연이 끝났다. 공연이기 전에 순수한 예배였던 이 아마추어 상연에 심취했던 그들은 극이 끝나자마자 소리 없이 떠나 주었다!
이 공연에서, (너무도 태양을 많이 바라봐서 눈이 나빠졌다고 하던 순수파 성균관 대학생이던) 현창호군이 신부역을 맡았는데, 그의 경상도 엑센트는 고쳐지지 않았다. 그러나 이 땅의 진정한 평화를 희구하는 예배자들의 자세로 열중하던 그들의 공연에서 그런 것은 아무 문제가 되지 않았다. 연출은 제 일 유혹자를 여성으로 각색하여 직접 출연했고, 30대 40대의 주부들은 청색 보자기들을 이어 기사의 가운을 만들어 입고 출연했다. 컴퓨터공학과 3학년생이던 토마스 박정민군은 베케트의 고뇌와 궁극적으로 도달한 평화를 생생하게 재현했다. 이 공연의 특징으로서, 1부의 끝과 성탄 설교 사이에, 출연 팀 전원의 찬송가 합창을 삽입했던 점이 돋보였고, 제2부 베케트의 죽음이후 극이 끝난 후 대단원으로서, 모던 댄스로서 승리의 춤을 잇달아 보여주는 솔로 댄스로 끝을 맺음으로써 베케트의 죽음을 승리로서 해석하였던 점이 새로웠다.

그렇게 1982년 성탄전야에 이대 중강당 무대에 살아났던 『성당의 살인』은 또 다시 10여 년 침묵 속에 묻혀 져 있었고, 그 후, 이 극은 숭실대극회 학생들에 의해 이반 교수 연출로 숭실대학교 교정에서 다시 부활되었다. 대학교회와 교회 밖 전 공간을 공연장화 하면서.

이 극이 주던 감동과 의미를 무덤에 갈 때까지 어찌 잊을 수 있으리요?

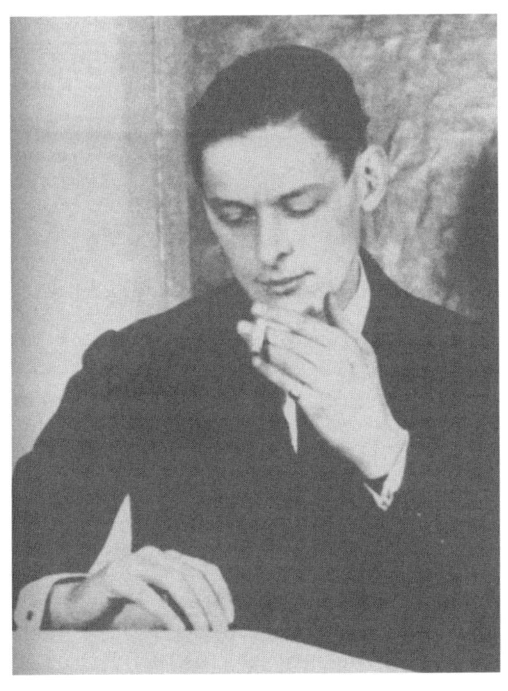

프랑스에서 흡연을 시작하던 당시의 청년 엘리옷의 모습.
이후 말년까지 줄기찬 흡연가가 됨.

1888	9월 26일 미국 미조리주 세인트 루이스에서 헨리 웨어 엘리엇과 샬럿 챔프스턴스의 일곱 자녀중 막내로 태어남.
1898-1905	워싱턴의 스미스 아카데미수학.
1906-1909	하바드 대학교 수학. 학사취득
1905	첫작품 『축제를 즐기는 사람들을 위한 우화』(*A Fable for Feasters*)가 『스미스 아카데미 레코드』(*Smith Academy Record* 2월호) 에 실림.
1909-1910	『하버드 애드버킷』의 공동편집자. 1907이후 여기에 시와 비평을 위시한 글들이 여러편 발표됨.

1910   석사학위 취득

1910-1911   파리 체류하며 수학

1911   독일의 뮌헨 여행

1911-1914   하버드의 박사과정에서 수학

1914   마르부르크에서 수학. 전쟁의 발발과 함께 공부 중단.
             이 당시 앞으로 그의 후원자가 될 에즈라 파운드를 만남.

1914-1915   영국 옥스퍼드 멜톤(Merton) 칼리지에서 수학.
             이제까지 십년 너머 미국, 영국, 독일, 파리 등지에서 연구해
             왔던 학자로서의 다기적이고 특수한 경력은 엘리옷의 시와
             극들의 지적인 내용, 철학과 종교와 같은 주제들에 관한 그
             의 배경 지식에 깊이와, 관심분야들의 폭을 넓혀주는데 기여
             하게 됨.

1915   비비언 헤이우드(Vivienne HaighWood: 1947 사망)와 결혼.
             미국의 유력 저널 『시학』 6월호에 『알프레드 프루프록 씨의
             사랑노래』가 실림. 교사생활.

1916-1918   옥스퍼드와 런던의 대학에서 강의

1917   첫 서정시집 『프루프록씨와 그외의 관찰』(*Prufrock and
             Other Observations*) 출간
             1919년까지 『에고이스트』(*The Egoist*)잡지에서 일함.

1917-1925   런던 소재 로이드 은행에 근무

1919   『시집』(*Poems*) 발간

1919-1920   『아테네움』 잡지에서 일함.

1920   서정시집 『아라 부스 프렉』(*Ara Vus Prec*) 출간.
             에세이집 『신성한 숲』(*Sacred Wood*)출간.

1920년대에 걸친 엘리옷의 시인으로서의 명성은 커져갔던 비평가로서의 그의 위치에 의해 증폭되었음. 그는 특히 영문학가운데서 --17세기의 형이상학파시인들, 셰익스피어 동시대의 엘리자베쓰조 작가들을 선호했고, 이러한 고도로 지적인 시들의 유행을 일으키는데 크게 기여.

1922   잡지 『표준』(*The Criterion*) 창간. 초대 편집장으로 임명. 1939년까지 71호를 발간하게 되는 이 잡지는 지대한 영향력을 가지는 비평지가 됨. 창간호 (1922년 10월)에 주석을 달지 않은 『황무지』가 수록됨. 이후 많은 비평가 들로부터 현대 영시 운동의 초석이 되는 작품으로서 칭송됨. 주석이 수록된 『황무지』의 단행본이 뉴욕의 보니 앤드 리브라이트출판사에서 출간. 현대생활의 경박성에 대한 절망과 염증을 표현하고 있는 이 작품이 제시한 정서들은 일차 세계대전이후의 휴유증들을 앓는 세대에게 이 시가 보다 더욱 절박한 것으로 다가 오게 만듦. 그러나 엘리옷은 그의 사적인 정신적 신념들과 문학의 도덕적 목표, 예술가에 대한 전통의 가치, 창작에 있어서의 규율의 역할들에 대한 믿음에 이끌려 기독교를 지향하는 꾸준한 변화를 겪어감. 한 때 자신을 '문학에 있어서 고전주의자, 정치적으로는 왕당파(royalist), 종교상으로는 앵글로 카톨릭'으로 묘사하기도 했음.

1925   런던 페이버 앤드 그와이어 출판사 편집장. 이후 그의 작품은 영국에서 거의 모두 이 출판사에서 출간됨. 이 출판사는 1929년 페이버 앤드 페이버(Faber and Faber)로 개명. 『시집 1909-1925』(*Poems 1909-1925*) 발간.

1926	케임브리지에서 강의.
1927	영국 시민권 획득. 『마기의 여행』이 페이버 앤드 페이버 출판사가 발행하는 「에이리얼 시들」(The Ariel Poems) 시리즈 중 8번으로 출간됨. 이 외에, 이 시리즈에 『사이먼을 위한 노래』(1928), 『아니물라』(1929), 『마리나』(1930), 『승리의 행진』(1931), 『크리스마스 트리 재배』(1954)등이 실림.
1928	에세이집 『랜슬럿 앤드루스를 위하여』 발간.
1930	『재의 수요일』(Ash Wednesday) 발간.
1932	『에세이 모음집 1917-1932』(*Sellected Essays 1917-1932*) 발간. 극형태의 실험작 『투사 스위니』 출판. 1930년대 10여년간 엘리옷의 관심은 드라마로 전향. 엘리옷은 시를 현대 영국 드라마에 다시 소개하고자하는 운동의 주도자의 반열에서게 됨.
1934	『바위』(*The Rock*) 출판. 극형태로 된 실험작인 이 작품은 한 편의 종교적인 스펙터클(a religious pageant)로도 간주됨.
1932-1933	하버드에서 초빙교수로 강의. 이 강의는 1933년 『시학의 효용과 비평의 효용』이라는 제목으로 발간됨.
1935	『대성당의 살인』(*Murder in the Cathedral*) 출판. 이후 영국에서 1938년까지 4판이 나옴. 켄터베리 페스티발(Canterbury Festival)을 위한 집필요청에 의해 씌여졌던 이 극은 엘리옷의 최초의 장막극(full-length play)으로서 시로 씌여졌던 그의 모든 희곡들 중에서, 시의 요구와 산 드라마의 결합을 시도한 그의 최대의 성공작으로 평가됨.
1936	『시 모음집 1909-1935』(*Collected Poems 1909-1935*) 발간.

1939	시극『가족의 재회』(*The Family Reunion*) 출판 어린이를 위한 시,『실용적인 고양이들에 관한 포썸의 책』」 (*Old Possum's Book of Practical Cats*) 발간. 고도로 복잡 하고 난해한 작가라고 평가 받는 엘리옷의 작품중 가장 즐 겁고 접근하기 쉬운 시로서, 드물게 편안한 작품으로 알려짐.
1941	『키플링 시 선집』(*A Choice of Kipling's Verse*) 발간
1942	『조이스 입문』(*Introducing James Joyce*) 발간.
1943	엘리옷의 가장 빼어난 시를 수록하고 있다고 평가되는『네 개 의 사중주』(*Four Quortets*)가 뉴욕에서 발간. 일년뒤 런던에 서 발간. 이전에 다른 출판사들에 의해 개별적인 시들이 출간 됨. 1936년에 나왔던『시모음집 1909-1935』에 「번트노튼」 수록, 1940년 3월 21일과, 1941년 2월 27일, 1942년 10월 15 에,『신 영국 주간지』(The New English Weekly)에 「이스트 코커」「메마른 인양선」「리틀 기딩」이 각 각 실림.
1948	에세이집『문화정의에 관한 노트』발간. 노벨문학상 수상.
1950	시극『칵테일 파티』(*The Cocktail Party*)발간.
1951	『대성당의 살인』이 영화화. 베니스의 축제극으로 공연.
1954	시극『비밀 직원』(*The Confidential Clerk*) 발간.
1955	한자의 괴테상 수상
1957	에스메 발레리 플레처와 결혼
1959	『원로 정치인』(*Thee Elder Statesman*) 발간.
1965	1월 4일 이 세기의 가장 형식적(formative)이면서 가장 영향 력있는 시인의 하나로서 널리 존경받고 경탄을 받는 가운데 세상을 떠남.

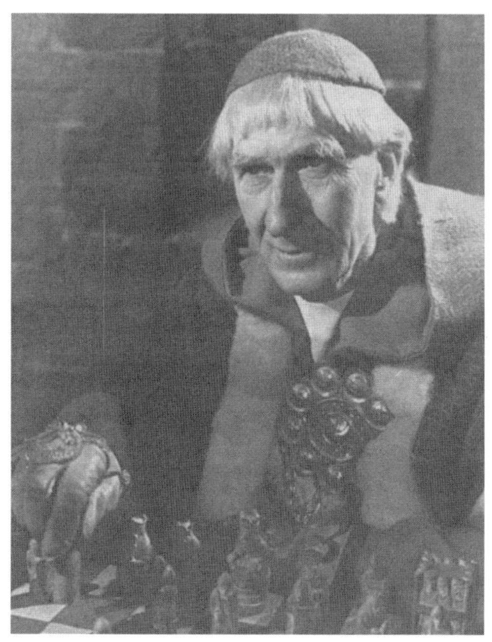

< 대성당의 살인 >의 영화에 베켙역을 맡은 죤 그로저
(John Groser) 목사

재즈리듬에 담겨지는 순교이야기

I. T.S. 엘리옷의 드라마와 현대 서구무대의 제의적 양상

디오뉘소스신에게 바쳐졌던 제의(cult)에서 본격적으로 출발 했던 서구의
연극은 세계연극사상 셰익스피어를 제외한 최고의 극작가들을 산출했던 고
대그리스시대의 연극의 전성기 이후, 중세에 와서 역시 미사의식에서 출발
했던 예배극의 발달과 함께 중세극의 절정이라 할 수 있는 신비극의 놀라운
극적 성취를 보게 된다. 영국의 경우 르네상스시대는 셰익스피어를 정점으
로 공연예술의 절정을 보여준다.

이후 현대 서구의 무대가 두드러지게 보여주는 제의적 연극의 공연과 실험은 주목할 만한 흥미로운 양상이다. 그 이유는 이것이 결코 어떤 새로운 형태의 현상이 아니라, 연극이 본래적으로 갖고 있던 것에로의 환원이기 때문이다.

현대 서구의 제의적 연극은 크게 두 가지 차원에서 공연되어왔다. 하나는 원시 종교의 샤먼들의 몸짓과 소리 또는 율동을 개발하여 공연장을 제상화하는 방법이고, 또 하나는 서구의 전통적인 종교라고 할 수 있는 기독교의 예배의식과 극예술과의 만남을 꾀해 양식미를 갖춘 기독교 예배극이라 할 수 있다.

전자에 속하는 예로서는 아프리카 우간다(Uganda)의 아마뿌이 극단이 런던 알드위치(Aldwych) 극장에서 공연한 『렌가모이』 같은 극을 들 수 있다. 현대 극작가들이 할 수 있는 일이야말로 "제주(priest)로서의 기능"이라고 밝혔던 반 이태리(Jean Claude van itallie 1936)의 극 『뱀』(*The Serpent* 1969)은 원시종교의 제의에 맞도록 쓰여지고 공연된 예라 할 수 있고, 이보다 좀 더 원시종교의 제의에 그리스적 세련미를 가해 극을 쓴 예가 피터 셰퍼(Peter Levin Shaffer 1926-)였다. 그의 『에쿠스 *Equus* 1973』는 한 편의 연극으로도 뛰어났지만 제의로서도 훌륭한 것이었다. 사무엘 베케트(Samuel Beckett 1906-1989)나 헤롤드 핀터(Harold Pinter 1930-)의 현장성 못지않게 피터 셰퍼의 제의성이 서구연극의 한 방향을 제시해주고 있는 것이 사실이다.

기독교적 예배와 연극의 만남은 원시제의로의 환원보다는 좀 더 먼저 시도 된 것으로서, 오든(Wystan Hugh Auden 1907-1973)이나 크리스토퍼 프라이(Christopher Fry 1907-2005), 엘리옷(T.S. Eliot 1888-1965)에 의하여 금세기 초에 영국에서 시작되었다.

엘리옷은 그의 첫 종교극『바위』(*The Rock* 1934)의 원형을 그리스극이나 중세극에서 찾아보고자 시도했고, 다음 작품인『대성당의 살인』[1](The Murder in the Cathedral 1935)에서는 그리스나 중세극 못지않게 성공회(Anglican Church) 제의와의 만남을 꾀함으로써 정통비극에 가까운 현대비극의 하나로 일컬어 질 시극을 창조했다.

엘리옷과는 조금 다른 측면에서 예배극의 이론을 확립한 현대 극작가로서 스위덴의 극작가 올로프 할트만(Olov Hartman)을 들 수 있다. 그는 엘리옷이 연극에 제의적인 것을 가미시킨데 반하여 제의에 연극성을 가미시킴으로써 독특한 예배극론을 확립한다. 그 외 요절한 덴마크의 극작가 카자뭉크(Kaj Harald Leininger Munk 1898-1944) 또한 기독교적 테마를 즐겨 다루었으나, 엘리옷이나 할트만이 성취했던 제의적 양식미를 정립하지 못한 이유로 희곡사적 가치를 부여받지 못했다.

사무엘 베케트, 헤롤드 핀터, 피터 셰퍼 모두가 생존하고 있던 작가인데 비해 사후 40년이 지난 오늘날까지, 엘리옷은 그의 극이 지속적으로 공연되고 재평가 받아온 것은 그가 일찍이 연극의 제의적 중요성을 파악하고 --연극 본래적인 것으로의 지향을 선언하는 --시대를 앞서가는 극을 썼기 때문이라고 보여진다.

최근 뉴욕의 브로드웨이와 오프브로드웨이의 극장을 위시한 미국의 극장들과, 런던을 중심으로 영국에서 상연되고 있는 고전극 공연을 위시한 공연 사례들이 보여주고 있는 특징적 양상 또한 그 "기원에의 환원"인 점이 흥미

---

1) 필자가 택한 이 극의 text는 엘리옷이 죽기 전 마지막으로 고쳐 쓴 최종판(London: Faber and Faber, 1935)임 이 판의 우리말 번역은 필자의 이 번역이 초역임. 제목의 Cathedral(주교좌성당)은 "주교좌(cathedra)가 있는 성당, 즉 각 교구의 교구장 주교가 거주하는 성당이다. 한국에서는 '대성당(basilica)'이라고 번역하지만, 이 번역은 옳지 않다. 외국의 경우 주교좌성당을 부르는 명칭에 차이가 있다. 프랑스에서는 일반적으로 주교좌성당을 '노트르담(Nortr-Dame)', 이탈리아에서는 '두오모(Duomo)', 독일에서는 '돔(Dom)'이라고 부른다."『한국가톨릭대사전』(2004), 제10권, 한국교회사연구소, p. 7813. 필자는 이 극의 제목을 한국의 일반적 관례를 따라 '대성당'으로 번역하기로 한다.

롭다.2) 링컨센터극장 개관 20주년기념공연으로 선정된 아리스토파네스의 『개구리』(*Frog* 405)의 공연이 그러했듯이, 이들 공연이 지향하는 공통된 주제는 "디오뉘소스 다시 살리기"이다.

공연양상 또한 2005년 여름 런던 글로브극장의 『페리클레스』(*Pericles* 1608)의 공연3)이 그랬듯 연극의 본질적 요소인 텅 빈 무대에 배우와 관객만을 제외하고는 다른 요소들을 최대한 제거한다. 여름마다 런던시내 한 복판에 자리한 리전트 파크(Regent Park)의 노천극장(Open Air Theatre)에서 열리는 셰익스피어극의 공연이 그러하듯.

9.11 테러가 가져온 공포와 허탈감속에서도 여전히 올려지고 있는 뉴욕 맨해튼 도심에 자리한 센트럴파크의 노천무대에서 여름마다 열리는 셰익스피어공연은 전 뉴욕시민뿐 아니라, 각처에서 모여든 사람들 모두가 참가하는, 고대 아테네의 디오니소스제를 방불케하는 도시 축제로서 자리잡아가고 있다. 오늘날 도시축제(civic festival)로서 자연조명아래 올려지는 도시 곳곳에서 올려지는 야외공연에서, 매번 공연을 할 때마다 새로운 공간이 배우와 관객을 위해 고안된다. 각 공연마다 배우와 관객의 관계를 찾아 물리적 배치를 결정짓는 오늘날의 공연양상은, 연극의 본질로 돌아가기를 시도하며 연극의 기원에의 환원을 보여주고 있다.

엘리옷의 예술관과 연극관은 그의 종교적인 관점과 관련성을 가진다. 엘리옷은 그가 보여주고 싶어 했던 자신의 종교적인 직관을 담아줄 완벽한 그릇으로써 드라마를 택했다. 그 이유는 연극이 갖고 있는 제의적인 기원과 완

---

2) 2004년 이후 뉴욕을 중심으로 미국무대에서 올려진 극들을 관극한 체험을 토대로 쓴 본인의 글 "최근 미국 무대의 고전 르네상스 드라마 공연동향", 「고전르네상스영문학」14권 2호(2005) 참조.

3) 조명이나 소도구는 거의 동원되지 않고, 의상 또한 극히 제한되고, 주로 흑백의 색깔로 제한된 채, 풍랑과 파도도 극장 지붕에서 내려진 밧줄에 매달려서 관객석 머리위에서 허우적대는 배우들의 몸짓으로 표현된다.

결된 질서를 보여주는 극적인 세계를 제시해 주는 가능성 때문이었다.

엘리옷이 종교극에 손대기 시작했던 1930년대의 세계적 상황은 무솔리니의 "지금과 같은 정신상태가 지속된다면, 1939년경에는 전면적인 전쟁이 일어나리라"는 예언이 나왔던 혼돈과 격동기였다(Robert Sencourt 138). 영속적인 가치가 부재했던 이 격동기에, 중세를 통해 성행했던 종교극을 부활시켜 보고자 1935년 6월의 켄터베리 축제(Canterbury Festival)를 위한 극을 써달라고 요청했고, 특별히 이 요청아래 쓰여 졌던 극이 『대성당의 살인』이다.

파시즘이 믿기 어려울 정도로 판을 치고, 그 라이벌로서 민족주의가 못지않게 뽐내던 이 시기에, 엘리옷은 파시즘도 사회주의도 싫어하면서 지나친 개인주의와 자유주의를 지양할 어떤 것을 추구했다(*The Criterion* 266-75). 이 시기는 엘리옷의 '무장한 기독교의 시기' 라고도 볼 수 있다. 엘리옷은 문학의 위대성은 문학적인 기준에서만은 판정될 수 없다고 보았고 문학비평도 결정적인 윤리적 관점 내지 신학적 관점에서 완성되어야 한다고 믿었다. 그는 기독교 세계를 그것에 대적하는 세속적인 공격들로부터 구원해내기 위해 이 글을 쓴다고 밝힌 적이 있다(*The Use of Poetry* 343).

엘리옷을 '어디까지나 종교시인'이라고 보는 견해는 지배적이다(Carol H. Smith, Preface). 이 견해는 과연 어느 정도 타당한 것인가? 또한 그의 대표적인 극으로 꼽히는 『대성당의 살인』은 종교극으로서 어느 정도 타당성을 가지는 것일까?

현대 영국의 고전으로 취급되면서 이 극의 바탕이 되고 있는 제의성을 통해 오늘날의 극 무대에 부각되고 있는 『대성당의 살인』 의 주제와 언어를 중심으로 살펴보기로 한다.

II. 『대성당의 살인』의 주제와 구조

1. 주제

이 작품의 중심적인 주제는 순교다. 이 극에서 한 순교자로서의 토마스·베케트는 어떤 동기로 고난당하거나 어떤 종교적인 신조를 위해서 그의 생명을 포기하는 자라기보다는, 신의 뜻의 실재에 대한 증인으로 그려지고 있다. 엘리옷에 있어 순교의 개념은 저 고래의 의미에서의 "증인"이다4)

실제로 대주교 토마스가 살해되는 행위는 결코 하나의 극적인 클라이막스로서 중요하지는 않다. 엘리옷은 그의 관중에게 그들이 지켜보고 있는 것은 '동기·행위·결과'라는 정상적인 극적논리를 포함하는 일련의 사건들이 아니라---인간의 처사(human behavior)가 아닌---신의 뜻에 의존하고 있는 한 행동임을 거듭하여 경고한다.

이 극은 "행동의 고뇌"(action-suffering)라는 모티브를 보여준다. 이 극은 동시에 어떤 행동이 신의 법칙들에서 이탈된 것 일 때 그것은 감각세계에서의 예속임을, 신의 뜻을 체험함을 통하여 나오는 의지의 자유의 행사야말로 인생이 겪는 고난의 굴레로부터의 해방임을 부각한다. 또한 인간에 있어 그 행동이 지니는 유일한, 진정한 자유란 그것이 신의 의지에 종속할 때 얻어지는 것이며 이때 비로소 "의지가 완전케"됨을 보여준다. 기독교적 인내와 겸허가 성취된 것은 오직 "선·악간의 영원한 투쟁"과 경험되는 변화가 신의 관점에서 보아질 때였다. 『대성당의 살인』에서 토마스가 완전한 자기 포기와 더불어 신의 뜻을 그대로 받아 들일 때, 그의 가장 위대한 자유의 순간이 왔고, 기사들의 경우 그들이 보다 세속적인 목적들---권력, 탐욕, 정욕---에 굴종함으로써 일찍이 그들의 영혼이 가지고 있던 신성의 상실과 함께 최대의 예속이 오고 있는 것으로 부각되고 있다.

---

4) "Witness"를 "목격"으로 표기한다면 실제로 무엇이 일어난 것을 옆에서 보는, 실증주의적 개념으로 국한하기 쉬우므로 "증인"으로 표기하는 편이 좋겠다고 본다.

이 극에서 토마스를 위협하는 네 명의 기사들은 토마스를 유혹하는 네 명의 유혹자의 역할을 겸하도록 되어있다. 이 네 명은 프로타고니스트(protagonist)인 토마스에게 박해를 가해오는 앤타고니스트(antagonist)로서 토마스와 뚜렷이 맞서고 있는 인물이다. 그러나 다른 안목으로 볼 때 이들은 토마스라는 하나의 인물 속에 도사린 내부의 세력이라는 해석도 가능하다. 이때 각 유혹자들은 토마스의 다른 자아(alter ego)들로서 토마스가 마주하도록 제시하는 다양한 과거들이라고 보아질 수 있다.『대성당의 살인』이 극화하고 있는 것은, 토마스가 안고 있는 갈등---신성과 인간성의, 혹은 선과 악의, 혹은 영적인 것과 세속적인 것, 나아가 영원한 현실---으로서 결국 이 갈등은 영과 육간의 갈등으로 압축된다고 대체로 보아진다.

2. 작품 구조와 플롯

1) 제1부

토마스는 7년간의 망명생활을 마치고 대주교로서 켄터베리 성당으로 귀환한다. 이 토마스에게 제일 먼저 찾아오는 첫째 유혹자는 젊은 시절, 조정에서 누리던 생활의 관능적인 쾌락들을 제시 한다.

국왕의 호의...
목장의 피리소리,
홀 안에서 울려오는 바이올린 가락,
물 위를 떠도는 웃음과 사과 꽃,
황혼의 노랫소리,
밤이 깃든 속, 침실의 속삭임.
기지와 포도주와 지혜와 벗하여
어둠을 먹고 겨울을 삼키는 벽난로(Part I 265-72).

이에 대해 토마스는 "어리석은 바보만이 운명의 수레바퀴를 돌릴 수 있다고 생각하는 법이다"고 대답하며 물리친다.

다음에 오는 제 2유혹자는 지상의 권력(대법관의 자리)을 제시한다. 토마스는

안된다!
천국과 지옥의 열쇠를 쥔 내가,
교황의 도움으로 해방과 결박의 권리를 가진 내가,
영국에서 제일가는
하늘의 권리를 가진 내가
한 보잘 것 없는 권세를 탐하여
몸을 굽히겠느냐?(Part I 375-79)

고 하면서 물리친다.

제3유혹자는 영국 귀족계급(barons)과 손잡음으로써 왕에게 복수할 수 있고 나아가 교황의 세력까지 통치할 수 있다고 유혹한다. 토마스는 다음과 같은 절규와 함께 그를 물리친다.

짓기 위해서는 부숴라!
이 생각은 이전에도 떠올랐다.
무너져가는 힘의 결사적인 투쟁이여.
가자의 삼손도 이보다 더하지는 않았겠지. 그러나 부수겠다면,
나는 나 자신만을 부셔야 할 것이다(Part I 470-73).

토마스는 이렇게 세 유혹자를 비교적 쉽게 물리칠 수 있었다. 그런데 여기까지 온 토마스는 자신을 모든 세력추구나 복수 행위로부터 해방시킨다고 봄으로써, 그의 사고의 모순을 드러낸다. "나는 나 자신만을 부셔야 할 것"이라고 자신의 파괴를 의지(意志)함으로써 그는 신의 의지 앞에 자신의 의지를 녹이는 일에 위배되는 행위를 범하고 있는 것이다. 그 말이 끝나는 것과 동시에 등장한 넷째 유혹자는 "토마스 잘해내셨습니다. 당신에겐 쉽게 굽힐 줄 모르는 강한 의지가 있군요."라고 말한다. 넷째 유혹자는 바로 토마스 자신이 한 말을 반복한다. 이 넷째 유혹자가 제시하는 것은 순교의 권세와 영광이며 이것이야말로 토마스가 가장 물리치기 어려웠던 유혹이 되고 있음을 시사한다.

제 4유혹자: …생각해 봐, 토마스. 죽음 이후에 올 영광을 말이다. 한 왕이 등장한다. …새 왕이 오면 옛 왕은 잊혀지는 법. 하지만 성자와 순교자의 통치는 무덤에서 시작된다. 토마스, 생각해 봐, 참회하면서 기어 다니며 그림자에 놀라는 당황한 적들의 모습을… 보석을 두른 번쩍이는 성당 앞에 줄지어 서서 영세토록 무릎 꿇고 간청하는 순례자들의 모습을! 그리고 하느님의 은총을 입은 기적을 생각해 봐.…

토마스: 이미 생각해 보았다. …그런데 할 일은 무엇이란 말인가! …영원한 왕관은 없단 말인가?

제 4유혹자: 있다! 토마스, 있어! 일찍이 넌 그것도 생각해 보았다. 하나님의 존재 안에 영원히 거하는 성자의 영광에 비할 것이 어디 있겠는가? 어떤 지상의 왕궁이나 자만도, 왕과 황제의 영광도 하늘의 영광에 비하면 보잘 것 없는 것이 아닌가? 순교의 길을 추구해! 하늘에는 높게 되기 위해서 자신을 지상에서 가장 낮은 자로 만들어!(Part I 529-570).

여기에서 토마스는 소스라치게 놀라며 제 4유혹자의 말이 내포하는 것이 무엇인지를 비로소 인식한다. 순교를 의도하는 자만(pride)은 "그릇된 이유를 위해 행하는 올바른 행위"이며, 이 행위는 가장 커다란 반역이었다. 그는 자신이 저 수레바퀴를 돌리려고 했던 것이다. "내 영혼이 병들어 자만에 찬 파멸로 인도하지 않는 길이란 없단 말인가?"라고 절규하는 토마스에게 제4유혹자는 토마스가 처음으로 이 극에 등장하면서 던지던 말을 반복한다. 이 말은 이 극의 메시지가 되고 있다.

> 너는 알면서도 또한 알지 못한다.
> 행의는 고통이며, 고통은 행위임을.
> 행위자는 고통하지 않고, 고통하는 자는 행동하지 않나니.
> 그러나 양자는
> 영원한 행위, 영원한 인내 속에서
> 결합하니(Part I 591-96).

행동은 고뇌(action-suffering)라는 주제는 종교적 인식이 체험 속에서의 시간과 영원의 교차라는 주제와 관련된다. 이 둘이 교차하는 시점은 시간이라는 수레바퀴를 움직이는 신성한 지점이요, 돌고 있는 세상 복판에 자리한 고요한 정점이다. 윤회하는 세상속의 정점(the still-point of the turning world)은 엘리옷의 다른 주요 작품인 『네개의 사중주』(Four Quartets)에서도 의미 깊은 것으로 다루어지고 있다. 저 정점은 윤무적인 세계 속의 상수(常數)요, 지나간 시간과 오는 시간이, 즉 과거와 미래가 모이는 곳, 과거와 미래가 하나를 이루는 곳이다. 바로 이 지점에서 "내면적 자유"(inner freedom)가 찬양된다. 이 정점(靜點)은 "모든 것을 넘어선 평화"의 지점이다(Grover Smith 176-8). 또한 이 정점이 표상하는 저 상수란, 이것을 볼 수 있는 자에게는 언제나 현재인 고로, 저 정점은 "모든 것을 넘어선 평화의 정점"인 동시에 "모든 순간에 가능한 신의 인식이며 역사 속에서의 인카네이션의 순간으로 해석된다.

이 극에서 토마스가 한 첫 말 "평화"는 행동과 고통을 넘어선 새로운 의미를 함축하고 있다. 이렇게 제1부는 토마스에게 제공되어 오는 세속적인 영광들과 권력을 보여 주었고, 동시에 인간의 모든 능력과 인간의 모든 지혜의 상대성과 허무성을 인식하며 이것들을 물리치는 토마스의 모습을 보여주고 있다. 토마스는 "지극히 높은 곳에서의 신의 영광"을 택하며, 저러한 것들을 포기하기를 결단함으로써, 참다운 의지의 완성, 자유의 성취로 향하는 것으로 제1부가 끝난다.

2)막간

제1부에서 잇달아 나오면서 이 극의 막간을 이루어 주는 것은 산문으로 구성된 토마스의 성탄절예배의 설교다. "지극히 높은 곳에서는 하나님의 영광이요, 땅에서는 기뻐하심을 입은 사람에게는 평화로다." 누가복음 2장 14절로 시작되는 이 성탄설교는 "그리스도의 탄생과 함께 십자가상의 수난과 죽음을 동시에 축하하는" 성탄예배의 특별한 의미를 지적하면서, 신의 평화를 세상이 아는 평화와 구별지우고 그리스도와 순교자 사이의 유사성을 부각시켜준다. 그의 설교는 순교란 "자신의 계획이 아닌 계획에 의해서 되어진 것"이라는 기독교 순교에 대한 새로운 통찰로서 맺어진다.

기독교 순교는 결코 한 사건이 아닙니다. 성자들은 우연히 생겨나는 것이 아닙니다. 한 인간은 의지와 계획으로서 인류의 통치자가 될 수도 있습니다. 그런데 기독교 순교란 하나의 성자가 되고자 하는 인간 의지의 결과로 이루어지는 것은 결코 아닙니다. 순교는 언제나 하느님이 인간을 사랑하는 고로 그들을 경고하고 인도하고 그들을 하느님의 길로 돌아오게 하려고 하시는 하나님의 계획입니다. 왜냐하면 참다운 순교자란 하나님의 의지 속에서 자신의 의지를 포기하고 더 이상 자신을 위해서 어떤 것도 열망하지 않는 하나님의 도구가 되는 자을 말하기 때문입니다. …머지않아 여러분은 또한 나의 순교자를 보게 되실 것입니다. 그것은 하나의 순교자일 뿐, 마지막 순교자는 아닐 것입니다(막간 60-82).

이 극은 그 내면적인 차원에 있어 토마스의 수난과 구원이 그리스도의 십자가 수난 및 부활과 동일시되는 차원까지의 끌어올림을 통해, 적어도 토마스에 대한 단순한 심리연구를 넘어서려고 시도한다. 이 성탄절의 설교는 세상 죄를 짊어진 속죄양(scapegoat) 그리스도와 토마스의 유사성을 암시하고 있다. 이 극의 제1부는 토마스에게 닥쳐왔던 유혹을 다룸으로써 그리스도의 유혹을 연상시켜 주고, 제2부는 토마스의 순교를 보여줌으로써 그리스도의 수난, 죽음, 부활의 사건을 연상시켜 준다고 해석할 수 있다.

3) 제2부

제2부가 시작되면 성·스테반, 사도 요한, 성·인노선트(Holy Innocents)가 성기(banners)를 들고 입장하고 성·스테반과 성 요한의 초입경이 수반된다. 이렇게 시간의 흐름을 통합함으로써 이 성자와 순교자들이 의미가 지니는 공시성 혹은 동시성이 부각 된다(Martin Browne, "From *The Rock*" 57-69).

제 2부에서는 등장하는 기사들의 모습과 태도가 보여주는 야수적이 분위기는 온후한 사제들의 분위기와 대조를 이룬다. 그들의 야수성을 통해 신의 뜻에 타협하지 않고, 자신만의 의지를 행사할 때 확대되는 인간의 동물성이 상징되기도 한다. 토마스를 추방하라는 왕의 명령을 가지고 온 기사들이 토마스에게 떠날 것을 명할 때, 토마스는 "오직 하나님만의 명령만을 따르겠다"고 하며 떠나기를 거절한다. 반역이라고 기소하며 광분하는 기사들의

위협에 대해 토마스는 자기는 "순교할 준비"가 되어 있노라고 대답한다. 토마스는 떨며 몸부림치는 켄터베리 여인들에게 그들이 "지금 공포 속에서 목격하는 행위의 나중에 올 영광"을 이야기하며 위로한다.

사제들은 토마스에게 도망하거나 숨으라고 강요한다. 이 때 토마스는 죽음이 하느님의 뜻이라면 그것을 맞이해야 한다고 주장하며 거절한다. 광분한 사제는 그들 강제로 끌어내는 데에 성공한다. 여기에서 사제들은 신의 뜻을 결코 이해하지 못하고 있음이 보여 진다. 행동을 원하는 그들은, 그들 자신이 저 수레바퀴를 돌릴 수 있다고 생각하고 있다. 사제들은 그들 손으로 성당 문을 잠근다. 그러나 토마스는 "교회의 문은 열려져야 한다. 적들에게까지도."라고 외치며 문을 열라고 명령한다. 이 열려진 문을 통해 기사가 들어오고 코러스가 불결한 세상이 정화를 부르짖을 때, 칼끝을 겨누고 토마스를 둘러쌌던 기사들이 그를 살해한다. 여기에서 토마스를 중심으로 서서 그를 둘러싸는 기사들은 그를 주축으로 하나의 바퀴 모양을 이룸으로써 운명의 수레바퀴라는 이미지는 시각화되고 극은 절정에 이른다.

이 극의 막이 내리기 직전 기사들은 다시 등장하여 당대의 산문으로 관중에게 그들의 행위를 변호한다. 마틴·브라우네(Martin Browne)의 요청으로 나중에 첨가되었던 이 부분들은 관중에게 충격을 주어 그들이 이제까지 잠겨있던 안이한 포만에서 깨어나게 하려고 쓴 것이라고 엘리옷 자신이 밝힌 바 있다(*The Use of Poetry* 343). 이것을 통해 엘리옷은 현대 관중과의 보다 더 직접적인 접근을 꾀하고 있고 이 시도는 성공하고 있다.

기사들은 여러 가지 근거를 들어 최선의 현대 논리에 따라 그들의 행위를 정당화한다. 그들은 "사사로운 이익을 넘어서서 공정"했을 뿐이고, 그들이 사용한 폭력은, 사회의 안전을 유지하고 정의를 확립하기 위해 불가피했던 유일한 길이며, 토마스의 죽음은 궁극적으로는 "불건전한 이상 성격으로 인한 자살로 판결되어야 할 것"을 주장한다.

이런 정치적 논쟁 투의 현대 산문을, 이 극이 전반적으로 취하고 있는 시적이고 종교적인 바탕 속에서 삽입함으로써 카톨릭적인 인생관이 지니는 시와(질서와 리듬이라는 의미에서의) 무질서하고 혼란된 현대적 존재의 실리적인 물질주의의 산문적인 속성의 대조가 이루어지게 하고 있다. 이런 수법을 통해 이 극은 다양한 극적 분위기를 혼합하면서 사건들에 대한 보다 근원적인 해석에 도달하기를 추구하고 있다.

다음에 인용하는 이 극의 마지막 행은 구세주와 토마스 베켈(Thomas Becket)이라는 이 성자간의 관련성을 결정적으로 새기고 있다.

주여, 우리에게 자비를 베푸소서.
그리스도여, 우리에게 자비를 베푸소서.
주여, 우리에게 자비를 베푸소서.
축복받은 토마스여,
우리를 위해 기도해 주옵소서(Part II 630-34).

『대성당의 살인』에 나오는 인물들이 보여주는 신의 뜻에 대한 인식은 다양한 계층을 이룬다. 이중에서 토마스만이 수레바퀴의 중심에 서서 행동과 고뇌의 차원을 넘어선 평화를 체험한다.

III. 『대성당의 살인』의 언어고찰

1. 코러스와 언어

오늘날 빼어난 '고전 현대극'의 대표적인 예라고 할 수 있는, T. S. Eliot 의 시극『대성당의 살인』이 성취하고 있는 언어와 이를 통해 구축되는 다양하고 새로운 리듬은 자세히 주목할 만하다. 그것은 1935년 이 극이 발표된지 70년이 넘는 오늘날에도 살아있는 극장(living theatre)을 창조하며 관객의 생동적인 참여를 일으키는 주된 요인으로 기능하기 때문이다.

엘리옷은 언어란 시이고, 행동이며, 주제요, 분위기이며 의미라고 보았고, 사회적으로 볼 때, 사회의 분위기를 상징하는 관중기호의 다양한 계층들을 가로지르는 시가 가장 유용한 시라고 여겼다. 엘리옷은 이 시를 위한 이상적이고 직접적인 매개체를 극장으로 보았고, 생의 깊고 영속적인 것들에 드라마가 개입하기 위하여서는, 그 표현수단으로 시(verse)를 사용해야 한다고 믿었다. 『대성당의 살인』을 담고 있는 언어는 그 음영이나 깊이, 폭과 형식에 있어, 그 내용과 유효적절하게 어울리는 자유롭고 다양한 형태를 취하고 있다. 이 극을 심화하고 이 극에 통일성을 주는 가장 강력한 힘은 실로 시에서 나오고 있다고 하겠다.

특히 이 극에서 엘리옷은 코러스를 통해, 이전보다 확장된 사회의식을 보여주고 있다. 그의 초기극, 『스위니 아그니스테스』(*Sweeney Agnistes*)에서는 "합일"이 성취될 수 있기 이전에, 피조물에 대한 사랑의 근절이 요구되고 있음으로 해서 저 "신비로운 길"에 대하여 휴매니티가 적(villan)이 되고 있음이 보여진다. 이 작품 이후에 엘리옷은 보다 덜 영적인 인간들에게도 관심을 가지게 되고 그들의 구원에도 관심을 보이게 된다. 엘리옷은, 20세기의 교회가 보여주는 사회성의 결여를 통감하면서 "깨어난 영혼과 그렇지 못한 영혼" 보다는 "깨어나지 못한 영혼으로 하여금 생의 의미에 대한 새로운 인식에로 인도해주는 깨어난 영혼"을 그리려고 시도한다.

『대성당의 살인』의 중심인물 토마스의 순교의 효과는 켄터베리 여인들의 생 속에서 느껴지도록 하는데 성공한다. 이 극에서 성자 토마스의 순교의 과정이 민중("people")을 대변하는 켄터베리 여인들로 구성된 코러스에게 변화를 파급함으로 해서 더욱 의미로운 것이 되고 있는 한, 이 극에서 이 양자간의 상호작용에 대한 극화는 실로 중요하다.

코러스는 이 극의 초기에서 7년간의 부재 끝에 돌아오는 대주교가 가져올 정신적인 동요를 두려워하며, 차라리 "고요한 불모성"을 택하려고 한다. 그들은 그들의 "부분적인 삶, 조각난 삶"을 영위하기를 계속하게 해달라고, 그들을 그대로 내버려 달라고 하며 "차라리 그분이 돌아오시기 않으면 좋으련만"이라고 노래한다. 이렇게 무책임하게 회피적이고 수동적인 그들의 자세는 이 극을 통해 변화를 겪는다. 토마스의 죽음이 임박할 때, 죄의식에 차서 격정적이고도 히스테리칼한 반응을 보여주며 몸부림치는 그들은 이제 책임의 단계에 들어선 것을 볼 수 있다. 그러나 이러한 반응은 아직 그들이 신의 뜻을 고요히 받아들일 수 없음을 보여준다. 토마스의 순교 이후 그들은 그들이 죄에 대한 보다 높은 인식과 함께 순교의 영광에까지 참여하는 자세에 이르게 된다. 주인공(hero)의 딜레마에 대한 이들의 반응은 곧 관중의 반응과 상응한다.

이 극에서 엘리옷의 탁월한 시가 가장 성공적인 부분은 코러스의 다양하고도 자유로운 운율이다. 코러스는 그 시에서 뿐만 아니라, 그 기능에서 또한 이 작품을 높여주고 있다. 결코 희랍극장이 구사하던 수법이 우리의 것이 될 수는 없으나, 코러스는 근본적으로 보편적인 기능을 담당한다. 극중의 행동과 관중과의 사이를 중개하며 그 행동이 파급하는 감정적인 결과들을 투영해 줌으로써 행동을 이중으로 보게 하는 효과를 성취하고 있다. 이리하여 엘리옷은 아이스퀼루스(Aeschylus)이래 코러스로 하여금 극중의 행동을 그 전체적인 의미 속으로 전개시켜 주는 구실을 감당하게 하는데 성공한 최초의 극작가가 되고 있다.

코러스는 개별적으로는 개성을 지닌 개인들이며 전체적으로는 공통적인 감정을 겪고 있는 집단이다. 그들은 자기 연민에서 전적으로 벗어날 수 있는 냉정을 보여 주기도 하고, 참다운 신앙에로 귀의하며 겸허한 수용의 자세를 보여 주기도 한다. 극중에서 배경이 되어주는 동시에 행동에 대한 코멘트와

대위법을 마련해 주기도 하며, 행동에 참여하고 또한, 긴장과 박력 있는 분위기를 구축하고 유지한다. 극의 시작부의 대사가 예시하듯 그들의 직관은 다가올 미래를 다음과 같이 예언한다.

우리의 발길을 이끄는 것은 무엇인가.
어떤 예감이
우리에게 명하는구나.
닥쳐올 상황의 증인이 되라고.
……
새해는 기다리고
운명은 다가올 앞날을 기다리고 있다.
우리는 기다린다.
우리는 기다린다.
성지와 순교자들 또한 기다리고 있구나,
새로 태어날 순교자의 탄생을.
운명은 하나님의 손 안에서 기다리고 있구나,
아직 형태를 갖추지 못한 것에
형태를 주면서.
나는 보았노라,
한줄기 햇빛 속에서
운명이 때를 기다리고 있는 것을.
……
인자는
조롱의 시궁창에서
다시 태어날 것인가(Part I 4-48)!

2. 다양한 운율

엘리옷은 이 극을 통해 또다시 "앞으로 나아가기위해서 뒤로 돌아가고 있음"을 보여주고 있다5)(Helen Gardner 21). 엘리옷은 비극의 가장 원시적 형태로 눈을 돌리며 이 극을 위한 모델로서 아이스퀼로스의 초기 극들을 채택하고 있다. 엘리옷의 이 극이 하나의 중대한 상황을 중심으로 설정되고 있듯이 아이스퀼로스의 극들의 이러한 양상에 대한 머리(Murray)교수의 관찰은 흥미롭다.6)

> .... 우리의 인식을 첨예화시켜줄 휩쓸고 지나가는 행위의
> 한 두 차례의 불길을 수반하는 하나의 중대한 상황이 존재한다.
> 사랑받지 못했던 남자의 욕정에 쫓기는 여성,
> 영원히 바위에 못박혀진 인류의 구원자,
> 전쟁에서의 패배의 소식을 예상하고 받아들이는 한 위대한 민족,
> 포위된 한 도시의 고뇌--이런 것들은
> 모두 말과 음악만을 곁들인 단순한 코러스의 춤으로
> 취급될 수 있는 종류의 주제인 것이다.

머리교수의 지적대로 한 중대한 상황을 중심으로 놓여지는 아이스퀼로스의 극들의 모든 주제는 오직 '말과 음악'으로 구성되는 하나의 단순한 코러스적인 춤에 담겨져 취급될 수 있다.

또한 엘리옷은 이 극의 운율로서 가장 애호받는 대표적인 중세 도덕극 『만인』(*Everyman*: 작자 미상)의 운율을 채택하기도 한다(Nevill Coghill

---

5) "Once again Mr Eliot has in fact gone back in order to go forward." Helen Gardner, "The Language of Drama," 21. *The Art of T.S. Eliot.* (1950 Cresset Press Ltd.에 수록되었던 이 글은 Harold Bloom 이 편집한 *Modern critical Interpretations: Murder in the Cathedral*에 수록됨.

6) 재인용, Helen Gardner 21-2.

145-50). 그의 책『시와 극』(*Poetry and Drama* 24)에서 엘리엇 자신이 밝히고 있듯, 그는 극적인 움직임과 하나가 되면서 이 움직임을 보강(reinforce)할 수 있는 일종의 음악적 구도(musical design)를 통해 우리 모르게 우리의 감정들의 맥박을 점검(조정)하고 촉진시켜, 극을 강화(intensify)하고자 시도한다. 엘리엇은 이러한 리듬의 면밀한 통제력을 지닌 셰익스피어의 뛰어난 재능을 믿었다. 그러나 엘리엇은 셰익스피어의 모방을 피하려고 애쓰는 대신 셰익스피어보다 150년 전에 쓰여진『만인』의 운율을 염두에 두고서, 과다한 약강(iambic)의 리듬의 사용을 피하며7), 약간의 두운(alliteration)의 사용을 곁들이면서, 종종 예측지 않은 운율(rhyme)의 사용을 시도한다.

아래에 예시된 대사가 보여주듯,『만인』은 셰익스피어의 경우보다 리듬의 사용에 있어 훨씬 자유로우며, 강조(stress)의 사용에 있어 훨씬 불규칙적이다.

1)『만인』의 운율(metre)

Death: *Se´e* thou make thee *re´ady* | *sho´rtly,*

　　　　For thou *ma´yest* | *sa´y* || *thi´s* is the *da´y*

　　　　When *no´* | *ma´n* | *l´iving* | shall *sca´pe awa´y.*

Everyman: A*la´s!* I may *we´ll* | *we´ep* || with *si´ghs* | *de´ep*

　　　　　No´w have I *no`ma´nner of co´mpany*

　　　　　To *he´lp* me in my *jou´rney* | and *me`* to *ke´ep;*

　　　　　A ´lso my *wri´ting* is *fu´ll* un*re´ady.*

　　　　　Ho`w shall I do *now* | for to ex*cu´se* me?

　　　　　I would to *Go´d* I had nev*er be ge´t !* (*had never been begotten*)

---

7) 전형적인 셰익스피어 리듬은 약강 오보격(iambic pentametre)으로서 예시하면 아래와 같다.
　　Fo˘r Goˉd's /sa˘ke leˉt/ u˘s siˉt/u˘poˉn/th˘e gro˘und/
　　An˘d teˉll/sa˘d stoˉr/ie˘s of/ th˘e dea˘th/o˘f kiˉngs/(*Richard II*)

48

To my sou´l a fu´ll | gre´at | pro´fit it had be´, (*been*)

For *no `w* I fear *pai´ns | hu´ge* and *gre´at.*

The *ti `me | pa´sseth; || Lo´rd | he´lp,* that *a´ll | wrought!*

The *da´y | pa `sseth |* and is *a´lmost ago´*; (*almost gone*)

I *wo `t* not *we `ll | wha´t* for to *do `*!

위의 대사가 보여주듯 강세의 숫자, 행의 길이, 운율(rhyme)과 두운이 일어나는 것은 거의 우연적인 듯이 보인다. 그러나 동시에 이 대사는 전체적으로 하나의 형태(shape), 한 소리 형태(sound-shape)을 보여주며, 자체적으로 균형을 잡고 있는 듯이 보여진다. 다음의 보다 더 긴 대사는 이 극의 클라이맥스 부분에서 취해 온 것으로서, 만인이 자신의 죄에 대한 진정한 참회에서 자신을 하나님의 자비아래 던지는 장면이다. 대사는 느껴지는 것과 꼭 같이 말해지도록 주어진다(Coghill, 148).

2) 『대성당의 살인』의 운율

i. And the *sa´ints* and *ma´rty*rs *wait,* for *tho´se* who shall be *ma´rty*rs and *sa´ints.*

   De´stiny wa´its in the *hand* of *God, | shap*ing the *sti `ll* un*sha´pe*n: (Part 1. 43 -5)

ii. Who *do´´* some *we `ll,* some *ill, | pla´n*ning and *gue `ss*ing,

   *Ha `v*ing their *a´ims |* which *tu´rn* in their *ha´nds |* in the *pa `tt*ern of *ti´me.* (Part I. 48- 9)

iii. Your *tho´ughts* have *mo `re po´wer* than *ki´ngs* to com*pel* you.

   You have *a `lso tho´ught, | so `m*etimes *|* at your *pra´yers,*

   *So `m*etimes *he `s*itating at the *a´ng*les of *sta´irs,*

And between *sle `ep* and *wa `king*, / *e ´ar*ly in the *mo ´rn*ing,

When the *bi ´rd cri `es*, / have *tho `ught* of *fu ´r*ther *sco ´rn*ing.

That *no ´th*ing *la ´sts*, but the *whe ´el tu `rns*,

The *ne ´st* is *ri ´f*led, and the *bi ´rd mou `rns* ;

That the *shri ´ne* shall be *pi ´l*laged, and the *go `ld spe ´nt*,

The *je ´wels go ´ne* for *li `ght la `di̇es'* *o ´rn*ament,

The *sa ´nc*tuary *bro `ken*, // and its *sto ´res*

Swe ´pt into the *la ´ps* of *pa ´ra*sites and *who ´res*. (Part I. 542-50)

너의 생각은 너를 지배하는 왕들보다 더욱 강력한 힘을 가지고 있어.

넌 생각했어, 때로는 기도 시간에,

때로는 머뭇거리며 꺾어지는 계단 모퉁이에서.

그리고 새가 우는 이른 아침, 잠과 의식 사이에서.

더욱 고차적인 경멸을 느낀 일이 있을 거야.

영속하는 것이란 아무것도 없고, 수레바퀴는 돌고,

새둥우리는 강탈되어 새가 애도할 것이며,

사원은 약탈될 것이고, 황금은 탕진되고,

보석은 경박한 여인들의 장신구로 팔릴 것이고,

성전은 부서지고, 그 소유는

기생충 같은 인간들과, 갈보들의 가랑이로 굴러 들어간다는 것을.

위의 대사에서 *po ´wer-*com*pel*과 *li `ght la `di̇es*는 두운을 보여준다. 그러나 『만인』에서 처럼, 운율(rhymes)의 경우와 같이 줄기차지 않다. 이 결과 살아있는 움직임과 강조적인 연설이라는 전체적인 효과를 거두고 있다. 조화로운 리듬감 있는 구절과 강압적인(compulsive) 운율(rhyme)위에 마치 우연히 갑자기 예측하지 못하게 떨어져 구르나, 동시에 어떤 규정할 수 없는 기대에서 오는 희열이 깔려있다. 시의 이러한 효과들은 이 극에 삽입된 두 산문 장면들--설교와, 2부 마지막의 기사들의 변명--에 의해서 크게 강화되고 있는데, 이 장면들은 감정이 지배적인 나머지 대화와 대조를 이루고 있다 (Coghill, 150).

이 극이 취하고 있는 주된 모델이 중세 도덕극의 "도덕적 패턴"(morality pattern)인가 혹은 희랍비극인가 하는 논의는 별로 무의미하다. 그것은 양자 모두가 지향하는 것이 제의성으로서, 드라마의 기원으로의 환원과 일맥상통 하기 때문이다. 이 극의 중심인물 토마스 베켙의 죽음의 사건 또한 하나의 제의가 되고 있다. 순교가 주제가 되고 있는 이 극에서 한 순교자로서의 토마스·베케트는 신의 뜻의 실재(實在)에 대한 증인으로 그려지고 있다. 이 극이 올려지는 극장에서, 특히 그것을 통해 주인공 토마스를 비롯한 극중 인물과 함께 코러스도 관객도 이 실재에 대한 체험으로 인도되었던-- 청각기능에 크게 의존하면서.

3. 새 리듬

엘리옷의 대표적 시극『대성당의 살인』에 대한 이제까지의 비평은 시극으로서 이 극이 성취하고 있는 위대성에 대해서와, 현대 서구극들이 보여주고 있는 특징적 양상의 하나인 제의적 기원에의 환원과 연관 지위 종교적인 드라마, 한편의 기독교 예배극으로서의 위대성에 대해서 충분한 논의를 보여주고 있다.

오늘날 이 극에 대한 의미 깊은 논의의 주제는 현대인의 기호에 부응하도록 작가가 구축하고 있는 심각한 주제를 담아내는 해학적 언어와 재즈 리듬과 더불어, 이 극이 성취하고 있는 다양하고 박력 있는 새로운 리듬이라

하겠다. 엘리옷이 극작가로서의 전후의 극 스타일의 변화를 통해 성취했던 언어와 새로운 리듬이야 말로 "생생한" 관객들("real" audiences)와의 만남이라는 엘리옷의 열렬한 갈망이 낳았던 주요한 소산이라 할 수 있다 (Katharine Worth 55).

이제 우리는 엘리옷의 극들에 대해 다음과 같은 질문들을 던져야 할 것이다. "엘리옷의 극들은 현대 극장(modern theatre)의 발달에 연관성이 있는가? 그의 극들은 주요 흐름(main stream)으로부터 아주 멀리 벗어나고 있는 것인가? 과연 엘리옷의 극들은 '살아있는 극장'(living theatre)의 맥락 (context)속에서 보여질 수 있는가? 그 대답은 이 극의 분출하는 다양한 리듬들 속에서 발견될 것이다.

『대성당의 살인』은 다양한 리듬으로 넘쳐난다. 엘리옷은 그가 구사하는 강조(stress)와, 운율(rhyme)과 두운(alliteration)의 방식을 통해, 청중의 귀가 다음에 무엇을 기대해야할 지를 모르도록 놓아두는 가운데 일종의 기대와 긴장의 의식을 극에 실어간다. 이 극이 구사하는 리듬의 다양성이 두드러지고 있는 대표적인 경우들을 예시해 보면 다음과 같다.

1) Part II에서 국왕이 파견한 기사들은 베켙을 살해하러 '약간 취한 듯 비틀거리며' 들어온다. 이때 취해지는 리듬은 아래에서 보여 지듯 술취한 듯한 재즈와 같은 속성을 띤다. 여기에서 엘리옷은 미국 시인 바첼 린제이 (Vachel Lindsay 1879-1931)가 1920년 발표했던 재즈리듬을 부활시키고 있는 "다니엘 재즈"(Daniel Zazz)라는 시의 리듬을 채택하여 모방하고 있다. 반복들, 줄기찬 비트(bea)와 명확히 구분되는 각 연(stanza)속에 포함되고 있는 'priest'와 'beast'라는 서로 상반된 심상에 공통적으로 부여되는 운율(rhyme)은 이것이 하나의 특별한 극적 순간임을 청중의 귀가 구별하도록 이끈다.

Where is Becket, the traitor to the King?

   Where is Becket, the meddling priest?

Come down Daniel to the lions' den:

   Come down Daniel for the mark of the beast:

Are you washed in the blood of the Lamb?

   Are you marked with the mark of the beast?

Come down Daniel to the lions' den,

   Come down Daniel and join in the feast.

Where is Becket the Cheapside brat?

   Where is Becket the faithless priest?

Come down Daniel to the lions' den,

   Come down Daniel and join in the feast(Part II 353-363).

2) 기사들이 노래하는 "피의 잔치"의 절정이라 할 토마스의 살해가 일어
나는 동안 우리는 켄터베리의 익명의 가난한 여인들인 코러스의 다음의 외
침을 듣는다.

대기를 씻어라. 하늘을 씻어라. 바람을 씻어라.

돌에서 돌을 떼어내어 돌들을 씻어라.

땅이 오염됐다. 물이 오염됐다. 우리와 우리의 짐승들이

피로 더럽혔구나.

핏방울로 흐려진 눈. 어둡구나. 어둡구나.

잉글랜드는 어디 있는가.

켄트는 어디 있는가. 켄터베리는 어디 있는가.

아, 과거 속에 멀리 멀리 멀리 묻혔구나. 불모의 가지들의 땅에서 방황하
노라.   400
나뭇가지를 꺾으니 피가 나는구나. 메마른 돌들의 땅에서 방황하노라.
돌을 건드리니 피가 나는구나.
어떻게 저 포근하고 평온한 계절로
어떻게 되돌아 갈 수 있으리오?
밤이 우리에게 머물고 있구나, 태양을 멈추고, 계절을 정지시키고,
낮이 오는 것을 막고, 봄이 오는 것을 막고 있구나.
우리는 과연 다시 해를 볼 수 있을 것인가. 낮과 낮의 세상을.
세상이 온통 피로 물들여져 있구나, 흘러내리는 피의 장막 속에서.
우리는 아무것도 일어나지 않기를 바랐다.
우리는 익히 알고 있었다, 사사로운 파국을,
개인의 상실과, 전체의 불행을.
삶을, 조각난 삶을 영위하며.
밤의 공포가 낮의 행위로 끝나고,
낮의 공포가 잠으로 끝나는 가운데
장터의 이야기로, 비를 쥔 손으로, 동틀 녘 벽난로에 지펴지는   410
불로 우리는 우리의 고통을, 부분적으로 외면하려 했었다.
모든 공포는 규정할 수 있고,
모든 슬픔은 그 나름대로 끝이 있어,
인생에서는 그리 오래 슬퍼할 시간은 없는 법.
그러나 이것은, 삶과 시간 저 바깥에 속한 것,
악과 잘못의 순간적인 영원성.
우리는 우리가 씻어낼 수 없는 더러움으로 오염되었고, 초자연적인 해충

과 한 몸이 되었다.

오염된 것은 우리만이 아니고, 우리의 도시만이 아니요,　　　　　420
세상 전체가 더럽구나.

공기를 씻어라. 하늘을 씻어라.　바람을 씻어라.

돌에서 돌을, 팔에서 피부를, 뼈에서 근육을 떼어내어 씻어라.

돌을 씻어라. 뼈를 씻어라. 뇌수를 씻어라. 영혼을 씻어라.

씻어라, 씻어라!(Part Ⅱ 397-422)

극장속에서 이 리듬의 격렬한 "폭력성"을 실제로 온 몸으로 체험하는 동안, 관객인 우리는 더 이상, 엘리옷의 초기 극들을 관극하는 관객들이 흔히 그랬듯 "참을성 있게 지루함을 견디어 내며, 엘리옷의 극이 칭송받을 만한 가치가 있는 것을 수행해 냈다는 느낌으로 스스로를 만족시키기를" 기대하는 류의 관객(Worth 55)이 아닌 자신을 발견한다. 어쩌면 이제 우리는 엘리옷이 절실히 만나고 싶어하는 생생하게 교감하며 체험하는 진정한 관객에 다가가고 있을 것이다.

3) 이제 기사들은 그들의 '작업'을 끝내고 단상 앞으로 나와서 관객과 광란하는 여인들을 향하여 다음과 같은 산문으로 진정시킨다. 엘리옷이 여기에서 관중에게 직접 말하게 한 것은 그 당대의 극적 기교에서 두드러진 개혁이 되고 있다. 그럼에도 기사들은 극장을 정치회합으로 바꾸며, 고도로 사실적인 20세기 구어법의 문체로 말을 하고 있다.

기사들은 상투어(cliché)를 고도로 능란하게 구사한다. 우리는 영국인으로서 정당한 훼어·플레이(fair play)를 신봉하고 우리는 몰리는 약자(under-dog)를 동정하며, 양측의 입장을 다 들어봐야 한다고 주장하는 바이고, 공식석상에서 말하는 것에 경험이 없고, 우리의 행위를 통해 얻는 소득은 아무것도 없으며, 저 주교는 멋진 쇼를 그럴싸하게 하고 있고 우리는 인기를 끌려는 자의 덫에는 결코 걸리지 않을 것과, 결국 그는 아주 위대한 사람이다 등등.

네 기사들의 연설들 중 특히 뛰어난 기사 2와 기사 4의 연설은 이 역사적인 상황을 공정히 다루는 듯이 보이는 데에 썩 잘 성공하고 있어, 많은 현대역사가들은 그들과 동조하게 될 정도다. 494행과 553행에서 시작하는 부분은 꽤나 합리적이고 주장할 만한 것으로 들리는 관점을 제공한다. 그러나 이런 관점이 살인과 신성모독(sacrilege)으로 인도했던 것이 잔혹한 사실이다. 아마도 관객이 이 극의 막간 부(Interlude)를 이루는 베켙의 성탄설교를 듣지 않았더라면 대주교가 자살을 범했다는 사상은 더욱 신빙성을 가졌을 것이다.

4) 이 극은 또한 찬송가의 리듬도 예배의식의 리듬도 아닌 하나의 탐정이야기(detective story)의 리듬을 보여준다. Part I 의 다음 대사들이 취하고 있는 리듬은 우리가 익히 알고 있는 쏘포클레스(Sopocles)의 비극 오이디프스왕(*King Oedipus*)을 연상시키며, 엘리옷이 구사하는 리듬이 야기하는 '놀라움'(surprise)을 예시해준다.

유혹자2 .... 권력은 그것을 잡는 자에게는 현세의 것입니다.

토마스 누가 그것을 잡는 자인가?

유혹자2 거기에 나아가는 사람이지요.

토마스 때는?

유혹자2 처음부터 마지막 순간까지.

토마스 무엇을 하지?

유혹자2 성직자의 권리처럼 보이는 것.
토마스 왜 바쳐야하지?
유혹자2 권력과 영광을 위해서(Part I 353-359).

III. 맺는 말

이 작품이 한 편의 극으로서 설 때, 엘리옷의 한계가 가장 드러나고 있는 것은 주인공 토마스·베케트라는 인물 자체이다. 엘리옷은 이 극에서 한 성자의 초상화를 그리기 위하여 베케트라는 인물의 성자로서의 자포자기를 더욱 완전하게 만들수록 그를 한 생생한(real) 인간으로 보여 지도록 만들기가 어려웠고, 이 점은 이 작품이 한 편의 극으로서 안게 될 문제점이기도 하다.

이 극이 보여주려는 것이, 성탄설교가 지적해 주듯, 기독교 순교가 결코 하나의 사건도, 한 성자가 되려는 인간의 의지의 결과도 아닌 것이라면, 이 극의 중심은 극화된 토마스·베케트의 죽임이 아니라 한 마음의 상태라고 보아질 수 있겠고, 그리하여 이 극에는 실제로 행동이라는 것이 없다고 말할 수도 있게 된다.

엘리옷이 그가 택한 주인공을 한 탁월한 인간으로 본 것은 사실이다. 그런데 그가 취할 행동이라는 것이 없다면, 이 극은 이 성자의 우월성을 자의식적 행위를 통해서 밖에는 그려 줄 도리가 없다는 결론에 부딪칠 수밖에 없다.

이에 불가피하게 『대성당의 살인』이 보여주고 있는 토마스는 시종일관 강한 자의식을 지닌 자만에 찬 모습으로 보여지기 쉽다. 여기에서 토마스는 저 셰익스피어(William Shakespeare)의 '야심이 해친 고귀한 인물' 맥베드(Macbeth)에 비교되면서, '자존심이 해친 고귀한 인물'이라는 말도 듣게 되는 것이다. 그런데 결코 엘리옷이 의도하는 토마스는 철저한 자기포기를 보여주는 자, 순교의 영광을 포기하는 순교자이어야 한다. 이것이 연극의 제의라는 옷을 입히는 작업 속에서 엘리옷이 봉착하는 가장 큰 난관이 아닌가 한다.

여기에서 엘리옷은 차라리 리얼하지 않더라도 하나의 성자를 그릴 것을 택한다. 또한 그는 그이 프로타고니스트 토마스·베케트를 영원한 증인이요, 수난자, 순교자로서 설정하면서 교회를 그에 동일시하고 있다. 교회는 신의 뜻을 인식하는 자로서 그러나 이와 동시에 세속의 영역 속에서 살아야 하는 자로서의 고난이 영원히 계속될 것이나, 그 문들은 적들에게까지 열어놓은 채 아주 참을성 있게 기다릴 것을 제시한다.

엘리옷은 당대의 여러 세속적인 공격으로부터 기독교를 구원해내기위해서 이 극을 썼다고 말했다. 『대성당의 살인』은 그가 원한 형태의 기독교 문학을 성취했다고 볼 수 있다. 또한 문학비평도 결정적인 윤리적 내지 신학적 관점에서 완성되어야 한다는 신념을 가진 엘리옷으로서는『대성당의 살인』의 귀결은 당연한지 모른다.

엘리옷은 인간은 자신의 구원을 향한 추구를 지지하는 세상의 어떤 방해로부터도 자유로워야 하며, 사회는 인간이 신과의 관계'속에서 그의 전 휴머니티를 개발시키는 책임을 자유롭게 감당할 수 있는 분위기를 마련해 주어야하는 적극적인 의무를 띤다고 주장했다. 엘리옷의 모든 극들은 어떤 방식을 통하여도 이 인간해방이라는 개념을 다루고 있다.

엘리옷의 극『대성당의 살인』은 켄터베리 축제를 위해 쓰여 지도록 요청을 받아 쓰여 졌고 공연된 것인 이상, 한편의 문학작품으로서 영국국교회의 신학내지 철학에서 벗어나지 못한 아쉬움이 느껴지는 것은 사실이다. 또한 엘리옷의 문학관과 의도 역시 그가 처한 시대를 결코 벗어날 수 없는 한계성과 더불어 영속적인 가치가 부재했던 격동기의 절박한 세계에 대하여, "순교자의 영광마저도 저버릴 수 있는 영웅"을 제시하는 영웅전의 산출이 불가피했을지 모른다.

엘리옷의 주제가 종교였든 사회였든 간에, 이 극은 어디까지나 하편의 극으로서 끝까지 문학의 위치를 지켜야 함은 당연하다. 『대성당의 살인』은 한편의 참다운 기독교극임에 틀림없다. 그러나 이렇게 엘리옷의 주제가 종교였다고 하여 그의 문학이 진정한 문학작품이 되지 못한 채 종교의 시녀가 되고 있지는 않은가 하는 의문은 산중을 요한다(Sencourt, 12). 그것은 이러한 물음에 앞서 이 극이 포함하는 종교가, 제의가, 과연 인간의 삶이나 문학에서 별도로 분리될 수 있는 별개의 것인가 하는 물음이 선행되어야 하기 때문이다. 제의란 과연 인간의 삶 전체와 결부된 것은 아닌가? 이 극이 보여주는 종교란(여기에서 기독교는) 인간의 삶, 리얼리티와 별도로 일반화 될 수 있는, 종교사, 종교일반의 한 현상, '인간 정신생활의 한 현상'으로 취급될 수 있는 것일까(불트만 95)? 엘리옷의 드라마는 『칵테일 파티』(*The Cocktail Party*)를 위시하여 종교극이라는 형태를 통하여 문학이 궁극적으로 다루는 저 인간구원의 문제를 지향하고 있다.

토마스·베케트를 통해 20세기의 관중은 체험한다. 선사되는 현재의 신의 은혜에 대해 나를 개방하는 오늘날의 길은 절망을 통한 것임을. 싸르뜨르가 말했듯 진정 인간의 삶은 고난의 피안에서 시작된다.

참고문헌

Han Kim, "Introduction:" *Introduction and Notes to T.S. Eliot's The Murder in the Cathedral.* 서울: 향학사, 1981.

Braybrooke, Neville. ed. *T.S. Eliot: A Symposium for His Seventieth Birthday*, New York; Farrar Straus and Cudahy, 1958.

Browne, E. Martin, *The Making of T. S. Eliot's Plays*, Cambridge: Cambridge University Press, 1969.

__________, "From *The Rock to The Confidential Clerk*," Braybrooke, Neville. ed. *T.S. Eliot: A Symposium for His Seventieth Birthday*, New York; Farrar Straus and Cudahy, 1958. 57-69.

Bultmann, Rudolf. 허혁역 "접촉과 저항", 『학문과 실존』 I ,서울: 성광출판사, 1980.

Eliot, T. S. *Murder in the Cathedral: With an Introduction and Notes by Nevill Coghill*, London: Faber and Faber, 1965.

__________, "Last Words", *The Criterion*, XVIII (January 1939), 266-75.

__________, *Poetry and Drama*, London: Faber and Faber, 1950.

__________, *The Use of Poetry and the Use of Criticism to Poetry in England*, Cambridge, Massachusetts; Harvard University Press, 1933.

__________, *After Strange Gods*, A Primer of Modern Heresy Harcourt, Brace and Company, 1934.

Gardner, Helen. *The Art of T. S. Eliot*, London: Cresset Press, 1950.

Sencourt, Robert. *T. S. Eliot: A Memoir*, Donald Adamson ed. Lodon: Garnstone Press, 1971.

Smith, Carol H. "Preface," *T. S Eliot's Dramatic Theory and Practice*, Princeton: Princeton University Press, 1936.

Smith, Grover. *T. S. Eliot's Poetry and Plays*, Chicago: University of Chicago Press, 1956.

CHARACTERS

Part I

A Chorus of Women of Canterbury
Three Priests of the Cathedral
A Messenger
Archbishop Thomas Becket
Four Tempters
Attendants

The Scene is the Archbishop's Hall,
on December 2nd, 1170

Interlude

The Archbishop

Preaches in the Cathedral on Christmas
Morning, 1170

Part II

Three Priests
Four Knights
Archbishop Thomas Becket
Chorus of Women of Canterbury
Attendants

The first scene is in the Archbishop's Hall,
the second scene is in the Cathedral,
on December 29th, 1170

등장인물

1부

캔터베리 여인들로 구성된 코러스
성당의 세 사제들
사자
토마스 베케트 대주교
네 명의 유혹자들
시종 약간 명

때: 1170년 12월 2일
곳: 캔터베리 성당 대주교 홀,

막간

토마스 베케트 대주교의 성탄설교

때: 캔터베리 성당
곳: 1170년 12월 25일 밤

2부

세 사제들
네 명의 유혹자들
토마스 베케트 대주교
캔터베리 여인들로 구성된 코러스
참관인들

때: 1170년 12월 29일
곳: 첫 장면은 캔터베리 성당 대주교 홀,
두 째 장면은 성당 내부.

Part I

CHORUS

Here let us stand, close by the cathedral. Here let us wait.

Are we drawn by danger?[1] Is it the knowledge of safety,
that draws our feet

Towards the cathedral? What danger can be

For us, the poor, the poor women of Canterbury? what
tribulation

With which we are not already familiar? There is no danger

For us, and there is no safety in the cathedral[2]: Some
presage[3] of an act

Which our eyes are compelled to witness, has forced our feet

Towards the cathedral. We are forced to bear witness.[4]

1 부

코러스　　우리는 여기 서있다.

성당 가까이에. 우리는 이제 기다린다.

우리는 위험에 이끌리고 있는 것인가?[1]

성당으로 우리의 발길을 이끄는 것은 무엇인가.

어떤 안전에 대한 앎인가? 이제 무슨 위험이 있으리요?

우리, 가난한, 가난한 켄터베리의 여인들에게?

이미 낯익지 않은 어떤 고난이 있으리요?

우리에게 위험은 없다. 성당 또한 안전이 없구나.[2]

어떤 행위의 예감이,[3]

우리의 발길을 성당으로 잡아끌어,

닥쳐올 상황의 증인이 되도록

우리에게 명하는구나.[4]

---

1) **Are we drawn by danger?**: 켄터베리의 가난한 여인들로 구성된 코러스는 이 극에서 희랍극의 코러스역할을 감당한다. 그들은 앞으로 닥쳐올 순탄치 않은 운명의 전조를 그들의 직관으로 예견하며, 극이 놓이는 공포와 음울한 운명의 분위기를 설정하고 있다.

2) **no safety in the cathedral**: 중세에서 교회의 관구는 도시의 봉건지주 계급, 왕의 박해로부터 피난처를 찾는 자들에게 불가침의 성역을 제공했었다.

3) **presage**:미래의 사건을 미리 말해주는 전조.

4) **We are forced to bear witness** : people 을 대표하는 캔터베리 여인들로 구성된 코러스는 이 극에서 순교를 목격할 증인의 역할을 감당하게 된다. 대주교 토마스가 이 극에서 겪는 순교는 펼쳐지는 신의 뜻을 수용하고 그것의 증인이 되는 일이다. 코러스는 이 일에 동참하며 토마스와 순교를 나눈다.

Since golden October[5] declined into sombre November
And the apples were gathered and stored, and the land
became   10
brown sharp points of death in a waste of water and mud,
The New Year waits, breathes, waits, whispers in darkness.
While the labourer kicks off a muddy boot and stretches
his hand to the fire,[6]
The New Year waits, destiny waits for the coming.
Who has stretched out his hand to the fire and remembered
the Saints at All Hallows[7],
Remembered the martyrs and saints who wait? and who
shall
Stretch out his hand to the fire, and deny his master? who
shall be warm
By the fire, and deny his master?
Seven years[8] and the summer is over
Seven years since the Archbishop left us,

황금빛 시월이5) 음울한 십일월로 기울고

사과는 거두어 저장되고

대지는 물과 진흙의 황무지 속에서

날카로운 갈색빛 죽음으로 죽음으로 변모해 갈 때

새해는 어둠 속에 기다리며 웅크린 채 숨쉰다.

어둠 속에 기다리며 속삭인다.

일꾼들은 흙묻은 장화를 벗어버리고 불을6) 쬘 때

새해는 기다리고

운명은, 다가올 앞날을 기다리고 있다.

누구일가?

불 쬐려 손 뻗을 때, 만성절의 모든 성자들을 회상하는 자
는?7)

때를 기다리는 성자와 순교자를 기억하는 자는?

누구일까? 불 쬐려 손 뻗으며, 그의 주인을 부인하는 자는?

불 곁에서 몸 녹이며, 그의 주인을 부인하는 자는?

일곱 해8)와 여름이 갔다.   20

언제나 인자하시던 그 분

우리를 떠나신지 벌써 일곱 해.

---

5) Since golden October, etc: 달과 계절을 나타내는 표상들은 나중에도 거듭하여 나오며, 우리의 삶과는 무관하게 운행되는 끊임없는 시간의 순환을 시사한다.

6) Who has stretched out his hand to the fire, etc: 코러스는 지난 성자축일과 성 미카엘 축제를 상기하며 과거의 성자의 행위에 비추어 앞으로 올 토마스 베켙의 행위를 묻고 있다. 성 베드로 또한 그가 주를 부인할 때에는 불을 쬐고 있지 않았던가?(마가복음 14:66-8) 대주교는 저 성자 축일에 기려지는 성자들 속에 또 하나의 성자로 포함될 것인가? 그도 또한 베드로처럼 그의 주인을 부인할 것인가?

7) All Hallows: 11월 1일은 성자들을 기리는 축일로서 Hallowmas라고 부름.

8) Seven years, etc: 지금은 1170년 12월이고, 베켙은 1164년 11월2일 영국에서 프랑스로 도피했다.

He who was always kind to his people.   20

But it would not be well if he should return.

King rules or barons rule;

We have suffered various oppression,

But mostly we are left to our own devices,

And we are content if we are left alone.

We try to keep our households in order;

The merchant, shy and cautious, tries to compile a little fortune,

And the labourer bends to his piece of earth, earth-colour,

his own colour,

Preferring to pass unobserved.

Now I fear disturbance of the quiet seasons: 30

Winter shall come bringing death from the sea[9];

Ruinous spring shall beat at our doors,

Root and shoot shall eat our eyes and our ears,

Disastrous summer burn up the beds of our streams

And the poor shall wait for another decaying October.

Why should the summer bring consolation

For autumn fires and winter fogs?

What shall we do in the heat of summer

But wait in barren orchards for another October?

Some malady is coming upon us. We wait, we wait,   40

차라리

부디 돌아오지 않으시면 좋으련만.

왕과 귀족이 통치하는 땅,

우리는 여러 모양으로 고난을 겪어왔다.

그러나 우리는 우리대로 살아 왔다.

해결점을 찾으며

홀로 있는 것으로 만족하며.

상인은 조심스레 재산을 모으려 힘쓰고,

노동자는 자기 땅뙈기에 허리를 구부린다-- 땅 색은

그 자신의 색깔.   30

차라리 눈에 띄지 않고 살기를 원하노라.

이제 고요하던 계절들이 동요될까 두렵구나

겨울은 바다9)로부터 죽음을 몰아오고

파멸의 봄이 우리의 문을 쳐부수리라.

뿌리와 총뿌리는 우리 시내의 밑바닥을 태우고

가난한 자들은 또 다른 파멸의 시월을 기다리리라.

왜, 여름은 가을의 불길과 겨울의 안개에 위안을 품게 하는

것일까

우리는 여름의 열기속에서 무엇을 할 것인가?

다만 또 하나의 시월을 황폐한 과수원에서 기다리는 것 밖

에는?   40

어떤 질병이 우리에게 다가오고 있다.

우리는 기다린다. 우리는 기다린다.

---

9) Winter shall come bringing death from the sea: 예언적인 직관력을 가진 코러스의 이
   말은, 앞으로 프랑스로부터 네 명의 기사들이 임무를 띠고 바다를 건너올 것과 연결된
   다. 토마스는 등장하여, 코러스를 향해, "저들은 자신이 알고 있는 것보다 더 잘 말한
   다."고 말한다.

And the saints and martyrs wait, for those who shall be martyrs and saints.

Destiny waits in the hand of God, shaping the still unshapen:

I have seen these things in a shaft of sunlight.

Destiny waits in the hand of God, not in the hands of statesmen

Who do, some well, some ill, planning and guessing,

Having their aims which turn in their hands in the pattern of time.

Come, happy December[10]; who shall observe you, who shall preserve you?

Shall the Son of Man be born again in the litter of scorn?

For us, the poor, there is no action,

But only to wait and to witness.   50

Enter PRIESTS

FIRST PRIEST   Seven years and the summeris over.

Seven years since the Archbishop left us.

성자와 순교들 또한 기다리고 있구나.

새로 태어날 성자와 순교자의 탄생을.

운명은 하느님의 손 안에서 기다리고 있구나,

아직 형태를 갖추지 못한 것에 형태를 주면서.

나는 이런 것들을 보았노라,

한줄기의 햇빛 속에서.

운명이 하느님의 손에서

때를 기다리고 있는 것을.

위정자들의 손이 아닌.

더러는 정치를 잘하고, 더러는 잘못하는 저들,

계획하고, 추측하며,

시간의 패턴 속에서 그들이 품은 목표들을 그들의

손안에서 바꾸어 간다.

오라, 행복한 시월10)이여

누가 너를 지켜볼 것인가.

누가 너를 보존할 것인가.

인자는 조롱의 시궁창에서

다시 태어날 것인가!

우리 가난한 자들에게, 행위란 없다.

기다리고, 지켜볼 뿐.   50

사제들 등장

사제1   일곱 해와 또 여름이 지났군. 대주교께서 우리를 떠나신지

칠년이 되었어.

---

10) happy December: 12월이 행복한 것은 그리스도가 탄생한 달이 12월이고, 또한 머지않
아 이 달에 토마스의 순교가 예상되기 때문.

SECOND PRIEST   What does the Archbishop do, and our Sovereign Lord
the Pope[11]With the stubborn King and the French King
In ceaseless intrigue, combinations, In conference,
meetings accepted, meetings refused, Meetings unended
or endless At one place or another in France?

THIRD PRIEST   I see nothing quite conclusive in the art of temporal
government,
But violence, duplicity and frequent malversation.[12]   60
King rules or barons rule:
The strong man strongly and the weak man by caprice.
They have but one law, to seize the power and keep it,
And the steadfast can manipulate the greed and lust of
others, The feeble is devoured by his own.

FIRST PRIEST   Shall these things not end Until the poor at the gate
Have forgotten their friend, their Father in God, have
forgotten That they had a friend?

Enter MESSENGER

MESSENGER   Servants of God, and watchers of the temple,   70
I am here to inform you, without circumlocution: The
Archbishop is in England, and is close outside the city.
I was sent before in haste To give you notice of his
coming, as much as was possible, That you may
prepare to meet him.

사제2	프랑스 이 곳 저곳에서 끊임없이 열리고 그칠 줄 모르는 수락되고 거부되는 저 무수한 회합과 모함 그 속에 있는 고집스러운 국왕과 프랑스 왕을 대주교께서는 어떠하게 대처 하실까? 그리고 지고하신 교황11)님은 또?
사제3	현 정부가 도모하는 일에는 아무런 결정적인 것이 보이지 않아 폭력과 표리 부동과 금권12) 남용뿐. 60 왕이 통치하거나 귀족이 통치하는 세상. 강자는 완강하게, 약자는 비겁하게. 갖고 있는 유일한 법이란 권력을 강탈하여 움켜쥐는 일. 힘센 자는 타인의 탐욕과 정욕을 농락하고 약자는 스스로의 욕망에 삼켜 버리지.
사제1	이러한 것들은 언제 끝날까? 저 대문 밖의 불쌍한 사람들이 저들의 친구인 하느님을 잊을 때까지일까?

사자 등장

사자	하느님의 종들이여 성전의 청지기들이여, 전갈이 있습니다. 딴 말씀 제쳐하고 곧장 아뢰 오면, 대 주교께서 영국에 와 계십니다. 도시 밖 가까이에 계십니다. 여러분들께 그분의 오심을 알려 그분을 맞을 준비를 하시도록 하려고 제가 이렇게 급히 왔습니다.

---

11) our Sovereign Lord the Pope: 사제들은 헨리Ⅱ세를 그들의 최고 주로써 인정하지 않고 로마에 직접 충성을 맹세하고 있다.

12) frequent malversation: 빈번한 공금횡령, 공적인 재산이 계획된 목적과는 다르게 사적인 목적으로 쓰여 지는 것.

FIRST PRIEST   What, is the exile ended, is our Lord Archbishop
Reunited with the King? what reconciliation Of two
proud men?

THIRD PRIEST   What peace can be found To grow between the hammer
and the anvil?

SECOND PRIEST   Tell us, Are the old disputes at an end, is the wall of pride
cast down   80
That divided them? Is it peace or war?

FIRST PRIEST   Does he come In full assurance, or only secure In the
power of Rome, the spiritual rule, The assurance of
right, and the love of the people?

MESSENGER   You are right to express a certain incredulity. He
comes in pride and sorrow, affirming all his claims,
Assured, beyond doubt, of the devotion of the people,
Who receive him with scenes of frenzied enthusiasm,
Lining the road and throwing down their capes,
Strewing the way with leaves and late flowers of the
season.   90
The streets of the city will be packed to suffocation,
And I think that his horse will be deprived of its
tail[13]; A single hair of which becomes a precious relic.
He is at one with the Pope, and with the King of
France[14], Who indeed would have liked to detain him
in his kingdom:
But as for our King, that is another matter.

사제1　무엇이라고? 우리 대주교님의 귀향살이가 끝났단 말인가?
　　　국왕과 다시 화합하셨단 말인가? 저 자존심 강한 두 분 사
　　　이에 무슨 화해가 성립됐단 말인가?

사제2　말해주게, 자 오랜 반목이 끝난 것인가? 두분 사이를 　　80
　　　가르던 벽이 무너졌나? 그렇다면, 평환가 전쟁인가?

사제1　완전한 자유를 보장받고 오셨나? 그렇지 않으면 다만 교황
　　　권의 보호 밑에서 영혼의 세계를 다스려야 하는 대주교로서
　　　의 의무와 백성들에 대한 사랑을 꿈꾸며 오는 것인가?

사자　의심하시는 것은 당연합니다. 그분은 긍지를 가지고서
　　　슬픔에 잠겨 오시는 것입니다. 당신의 모든 신념을 굽히지
　　　않고, 의심할 바 없는 백성들의 열렬한 사랑을 확신
　　　하고서. 백성들은 열광적으로 그를 맞으며, 거리
　　　에 줄을 짓고, 모자를 던지며 나뭇잎과 갓 피어난 계절의
　　　꽃들로 　　　　　　　　　　　　　　　　　　　　90
　　　길을 장식하고 환영의 무리는 숨막히도록 도시의 거리를
　　　메울 것입니다.
　　　그분이 타신 말은 꽁지13)가 빠질 것이고 그 털 한오라기 마다
　　　귀중한 골동품으로 간직될 것입니다. 그분은 교황과 한 몸이요
　　　프랑스 왕과도 하나이십니다. 프랑스14)왕은 실로 그분을 자
　　　기 왕국에 붙들어 두고싶어하실 것이나, 그런데 국왕과는
　　　그렇지 않습니다.

---

13) his horse will be deprived of his tail: 이 익살맞은 표현은 Shakespeare의 Julius
　　Caesar에서 시저의 몸에 대한 안토니오의 대사를 상기시킨다.('Yea, beg a hair of him
　　for memory', etc.).Herbert of Bosham의 기록에 의거하면, Saltwood에 있는 그의 성
　　에 살인자인 기사들을 영접했던 브록(Broc)은 대주교에 대한 경멸을 표시하기 위해 그
　　의 말의 꼬리털을 뽑았다고 전한다.
14) the King of France: 영국의 헨리 Ⅱ세와 프랑스의 루이Ⅶ세는 이 당시 불안한 협정을
　　유지했다. 헨리는 토마스와 교황 안렉산더Ⅲ세와 협정을 자신의 목적대로 연장시켰다.
　　루이는 토마스의 두주기간 중 그에게 프랑스 수도원에 피난처를 제공했다.

FIRST PRIEST   But again, is it war or peace?

MESSENGER   Peace, but not the kiss of peace[15]. A patched up
                    affair, if you ask my opinion. And if you ask me, I
                    think the Lord Archbishop

                    Is not the man to cherish any illusions,   100
                    Or yet to diminish the least of his pretensions. If you
                    ask my opinion, I think that this peace Is nothing like
                    an end, or like a beginning. It is common knowledge
                    that when the Archbishop Parted from the King, he
                    said to the King, My Lord, he said, I leave you as a
                    man[16] Whom in this life I shall not see again. I have
                    this, I assure you, on the highest authority; There are
                    several opinions as to what he meant,

                    But no one considers it a happy prognostic.   110

Exit

FIRST PRIEST   I fear for the Archbishop, I fear for the Church, I know
                    that the pride bred of sudden prosperity Was but
                    confirmed by bitter adversity. I saw him as Chancellor,
                    flattered by the King. Liked or feared by courtiers, in
                    their overbearing fashion, Despised and despising, always
                    isolated, Never one among them, always insecure;

사제1　다시 묻겠는데 전쟁인가 평화15)가?

사자　평화입니다. 하지만 제 소견으로는 이 화해는 진정한 입맞
춤이 아닌 미봉책일 뿐. 대주교께서는 어떤 환상도 품지 않
으시고 당신의 주장을 조금도 굽히시지 않는 분입니다. 이
화해란 결말도 시작도 아닌 성질의 것입니다. 대주교께서
국왕을 떠나가며 말하기를 "폐하! 이제 한 인간16)으로서 당
신에게 고하오. 이 생에서는 다시는 당신을 보지 못할 것입
니다."라고 하지 않으셨습니까? 이 말은 누구나 아는 확실
한 사실입니다. 그 말이 그분의 어떤 의도를 보여주는지에
대해서는 의견이 구구하나, 아무도 그것이 행복한 전조라고
는 보지 않습니다.　　　　　　　　　　　　　　　　110

퇴장

사제1　대주교님이 걱정이 되오. 교회가 근심스럽군요 불시의 번영
에서 자란 자존심은 냉혹한 역경으로 굳어졌을 뿐 나는 그
분의 과거를 지켜 보았오. 왕의 총애를 받던 법관 시절, 조
신들은 그분을 그들의 치우치는 방식대로 편애하거나 두려
워했고, 그분은 언제나 고립되어 혼자였오. 결코 사람들과
하나가 되지 않으시던 그분은 늘 위태로운 몸이었오.

---

15) But not the kiss of peace: 1170년 7월2일 (성·마리아·막달라의 날) 헨리왕과 토마스
사이에 화해하려는 시도가 한번 있었으나, 불안스런 협약에 불과했다. 토마스는 공식적
인 평화의 입맞춤을 원했으나 헨리가 거절했다.

16) My Lord , he said, I leave you as a man, etc,: William Fitzstephen의 기록 참조: '
My Lord, my soul tells me that I leave your presence as one whom in this life you
will not see again.'

His pride always feeding upon his own virtues,

Pride drawing sustenance from impartiality,

Pride drawing sustenance from generosity,   120

Loathing power given by temporal devolution[17];

Wishing subjection to God alone.

Had the King been greater, or had he been weaker

Things had perhaps been different for Thomas.

SECOND PRIEST   Yet our lord is returned. Our lord has come back to his

own again. We have had enough of waiting, from December

to dismal December. The Archbishop shall be at our head,

dispelling dismay and doubt.

He will tell us what we are to do, he will give us our orders,

instruct us.

Our Lord is at one with the Pope, and also the King of

France.

We can lean on a rock, we can feel a firm foothold   130

Against the perpetual wash of tides of balance of forces

of barons and landholders.

The rock of God is beneath our feet. Let us meet the

Archbishop with cordial thanksgiving:

Our lord, our Archbishop returns. And when the

Archbishop returns Our doubts are dispelled. Let us

therefore rejoice, I say rejoice, and show a glad face for

his welcome.

I am the Archbishop's man[18]. Let us give the Archbishop

welcome!

그분의 자존심은 늘 자신의 덕을 먹고 키워진 것, 공정함에
서 유지되고, 선선함에서 비롯되는 자존심. 일시적인 권
력17)을 역겨워하시고, 오직 하나님의 종 되기만을 열망하던
그 분. 국왕이 좀 더 크시던가, 그 분이 좀 더 약하셨다면
사태는 달랐을 터인데.

사제2   대주교는 당신 자리로 돌아 올꺼요. 당신 자리로 말이요 우
리는 충분히 기다렸오, 저 십이월에서 이 어두운 십이월까
지. 대주교께서는 우리 머리가 되셔서 실의와 회의를 거두
어 주실 것이요. 그분은 우리가 무엇을 해야 할지 가르쳐주
시고 우리에게 질서를 주시며, 우리를 인도하실 것이요.
대주교께서는 교황과 한 몸이시고, 프랑스 왕과도 한 몸이
시오. 우리는 반석위에서 저 귀족들과 영주들의   130
권력다툼의 소용돌이에 대항하는 굳건한 발판을 느낄 수 있
오. 하느님의 반석이 우리의 발아래 있소. 진정 감사하는 마
음으로 대주교를 맞읍시다. 우리의 인도자, 대주교께서 돌아
오십니다. 그분이 오시는 곳에 의혹의 구름 벗겨지니, 우리
기뻐합시다. 기뻐하고 기쁜 얼굴로 그분을 맞읍시다. 나는
대주교님의 신하18) 그분을 환영합니다. 우리 함께 대주교님
을 환영합시다.

---

17) by temporal devolution.: 영원하지 않는 일시적인 권위. 세속적인 왕권, 이 세상에서의
권위. Loathing power given by temporal devolution: 토마스는 1162년 대주교가 된 후
대법관(Chancellor)이라는 그의 임무에 흥미를 잃고 교회 권위를 완강히 지지하는 지지
자가 되었다.

18) I am the Archbishop's man: 사제들 또한 그들의 적(敵)인 네 기사와 똑같은 봉건적
(feudal) 관념에 지배되고 있다. 추종자들의 우매함에서 오는 해를 겪지 않는 원칙이란
없는 바, 엘리옷은 토마스와 사제들의 경우를 통해 리더의 탁월성과 그 추종자들을 대
주시키고 있다.

THIRD PRIEST   For good or ill, let the wheel[19] turn,

The wheel has been still, these seven years, and no good. For ill or good, let the wheel turn.

For who knows the end of good or evil?   140

Until the grinders cease[20] And the door shall be shut in the street, And all the daughters of music shall be brought low.

CHORUS   Here is no continuing city[21]; here is no abiding stay.

Ill the wind, ill the time, uncertain the profit, certain the danger.

O late late late, late is the time, late too late, and rotten the year;

Evil the wind, and bitter the sea, and grey the sky, grey grey grey.

O Thomas, return, Archbishop; return, return to France.

Return. Quickly. Quietly. Leave us to perish in quiet.

You come with applause, you come with rejoicing, but you come bringing death into Canterbury[22]:   150

A doom on the house, a doom on yourself, a doom on the world.

We do not wish anything to happen.

사제3   결과가 좋던 나쁘던, 돌아라 운명의 수레바퀴[19]여, 수레바
퀴가 정지했던 지난 칠년간 아무 소용도 없었지. 결과가 좋
던 나쁘던, 돌아라 운명의 수레바퀴여,
누가 좋고 나쁜 것의 끝을 알리요?   140
돌아라 운명의 수레바퀴여, 방아가 멈추고[20], 거리의 문이
닫히고 음악의 딸들이 모두 잠잠해질 때까지.

코러스   여기에 영원한 도시[21], 영원한 안식처는 없다. 너무 늦었오.
바람은 사악하오. 유익은 불확실하고, 오로지 위험만이 확실하
오. 오 늦었오 늦었오 늦었오, 때가 늦었오, 늦었오 너무 늦었오.
세월은 썩어 들어갔오. 바람은 사악하고, 바다는 쓰오. 하늘은
잿빛 - 잿빛 잿빛 잿빛이구려, 잿빛이구려. 오 토마스 대주교여!
돌아가시오, 돌아가시오, 돌아가시오. 프랑스로, 프랑스로. 돌
아가시오. 서둘러서. 조용히. 우리를 조용히 죽어가도록 내버
려두시오. 당신은 갈채와 열광 속에 오십니다. 그러나 당신은
켄터베리[22]에 죽음을 몰아안고 오십니다.   150
집 위에 종말을, 당신 자신위에 종말을, 세상에 종말을 몰아
안고 오십니다.
우리는 더 이상 아무것도 일어나길 원치 않습니다.

---

19) the wheel: Wheel of Fortune. 운명의 수레바퀴.
20) Until the grinders cease. etc: 전도서(Ecclesiastes)의 마지막 장 31절과 관련됨. 모든
사물의 종말을 예고하는 분위기. 전도서12:3-4 참조: "그런 날에는 집을 지키는 자들이
떨 것이며 힘 있는 자들이 구부러질 것이며 맷돌질 하는 자들이 적으므로 그칠 것이며
창들로 내어다 보는 자가 어두워질 것이며 길거리 문들이 닫혀 질 것이며 맷돌소리가
적어질 것이며 새의 소리로 인하여 일어날 것이며 음악 하는 여자들은 다 쇠하여질 것
이며"
21) Here is no continuing city: 히브리서 13:14 참조. "For here we have no continuing
city'; "우리가 여기는 영구한 도성(都城)이 없고 오직 장차 올 것을 찾나니."
22) you come bringing death into Canterbury: 코러스가 품는 공포는 시각화되어, 장면의
진개의 더불어 커가고 그들이 마음속에 보다 뚜렷한 형태를 취하게 된다.

Seven years we have lived quietly, Succeeded in

avoiding notice, Living and partly living[23].

There have been oppression and luxury, There have

been poverty and licence,

There has been minor injustice.

Yet we have gone on living,

Living and partly living.   160

Sometimes the com has failed us,

Sometimes the harvest is good,

One year is a year of rain,

Another a year of dryness,

One year the apples are abundant,

Another year the plums are lacking.

Yet we have gone on living,

Living and partly living.

We have kept the feasts, heard the masses,

We have brewed beer and cider,   170

Gathered wood against the winter, Talked at the corner

of the fire, Talked at the corners of streets, Talked not

always in whispers, Living and partly living.

We have seen births, deaths and marriages,

We have had various scandals,

We have been afflicted with taxes,

칠년간 우리는 조용히 살아왔습니다. 눈에 띠지 않고 살아

왔습니다. 조각난 삶이지만 살아왔습니다[23]. 압박과 사치가

있었고, 가난과 면허가 있었고, 소소한 불의가 있었고,

그런 채로 우리는 조각난 삶이지만 살아왔습니다.   160

비밀한 공포와 그늘진 고통으로 조각난 삶을 -

일상사의 작은 기쁨이 우리를 견디게 했습니다.

흉년이 있었고 풍년이 있었지요.

홍수가 있었고 가뭄이 있었지요 한 해는 사과 풍년 다음해

는 자두 흉년 그러나 우리는 살아왔습니다. 조각난 삶이지

만 살아왔습니다. 잔치를 벌이고 미사도 드렸지요.

술과 사과주를 빚고   170

겨울에 쓸 땔깜을 모았지요. 불가에서 이야기하고 거리 모

퉁이에서 이야기를 했지요. 늘 귓속말로 한 것은 아니었습

니다. 우리는 그렇게 살아왔습니다. 조각난 삶이었지만 살

아왔습니다. 우리는 아이의 탄생과, 죽음과 결혼을 보았습

니다. 여러 스캔들도 있었고, 세금으로 괴로워했고,

---

23) Living and partly living: 자주 삽입되는 이 구절은 중세의 농민공동체가 영위했던, 초
보적인 농기구와 과학적인 농작법으로 흙에 매달려, 빈번한 흉년과 기아, 열병으로 시
달리며 부지해온 생계유지의 삶을 반영한다. 코러스의 이 대사는 두 차원에서 의미를
띤다. 세속적인 차원에서 이 여인들이 영위해온 가난한 그들의 삶이 목숨부지에 불과한
삶이었음을 알 수 있고, 정신적 차원에서 지도자 없이 7년간 살아온 그들의 삶은 용기
를 잃은 채 최대한 소망이란 다만 '눈에 띠지 않고, 잔치에 가고 미사에 가고 술 담그
고 사과주 만들며 자질구레한 그들의 일과를 계속해 가는 것' 임을 보여준다. 190행에
서 'small flok'-미미한 존재-인 그들은 그들이 예견하는 닥쳐오는 운명으로부터 제외되
기를 애원하며 저 운명을 감당 못하겠으니, 토마스더러 곧 자신을 위해서가 아니라 그
들을 위해서 프랑스로 돌아가 달라고 되풀이한다. 그들의 삶은 정신을 결여한 삶이다.
그러나 극의 진행과 더불어, 토마스의 인도 아래서 그들의 정신적인 품격을 회복하게
된다. Nevill Coghill은 극의 진행 동안 코러스가 그 도덕적 성격을 바꾸는 예는 어느
다른 극에서도 볼 수 없음을 지적했다.

We have had laughter and gossip,

Several girls have disappeared   180

Unaccountably, and some not able to.

We have all had our private terrors,

Our particular shadows, our secret fears.

But now a great fear is upon us, a fear not of one but

of many, A fear like birth and death, when we see birth

and death alone In a void apart. We Are afraid in a

fear which we cannot know, which we cannot face,

which none understands,

And our hearts are torn from us, our brains unskinned

like the layers of an onion, our selves are lost lost In a

final fear which none understands.

O Thomas Archbishop,

O Thomas our Lord, leave us and leave us be, in our

humble and   190

tarnished frame of existence, leave us; do not ask us

To stand to the doom on the house, the doom on the

Archbishop, the doom on the world.

Archbishop, secure and assured of your fate,

unaffrayed[24] among the shades, do you realise what you

ask, do you realise what it means

To the small folk drawn into the pattern of fate, the

small folk who live among small things,

웃기도 하고, 잡담도 했습니다.

무수하게 여러 여자아이들이 사라져갔습니다, 하는 수 없이.

우리는 모두 우리 자신의 사적인 공포를.

우리 자신만의 그림자와 우리의 은밀한 공포를 가져왔습니다. 그런데 이제 커다란 공포가 우리를 덮고 있습니다.

생과 사와 같은 공포, 우리가 생과 사를 진공 속에 따로 떼어 놓고 볼 때의. 우리는 두려워하고 있습니다. 이미 한 사람의 공포가 아닌 알 수도 마주할 수도 없는 이 공포! 아무도 헤아릴 길 없는 이 공포 속에서 우리의 가슴이 찢어집니다. 우리의 머리가 양파껍질처럼 벗겨집니다. 우리의 자아가 상실 되고 잊어집니다. 오 토마스 대주교여! 오 토마스 우리의 인도자여! 우리를 떠나 주십시오, 우리를 떠나 주십시오.

초라하고 어지럽혀진 우리 존재의 틀 속에 우리를 그냥 놓아주십시오.   190

우리에게, 가정의 운명 위에 대주교의 운명 위에, 세계의 운명 위에 서라고 요구하지 마십시오 대주교여! 어두움 속에 드러난24) 자신의 운명을 확신하고 계시는 당신은 아십니까? 당신이 요구하시는 것이 운명의 패턴속에 끄달려 사는 미미한 대중에게는, 소소한 것들 가운데 사는 미미한 민중들에게는, 보잘 것 없고 미미한

---

24) unaffrayed: unafraid의 고대적(古代的) 표현. affray의 동사적인 힘(alarm과 같은)을 강조해준다. 엘리옷이 주조해 낸 단어로서(키이츠가 The Eve of St. Agnes, x x x iii 에서 startled를 나타내는 것으로 사용), affray(현대의 afraid가 나온)의 고대적 효과를 노린 것이 분명하다. 엘리옷은 두뇌가 양파껍질과 같은 코러스여인들과 토마스의 냉정을 대조시키고 있다. 그들은 관중도 이미 알고 있는, 저 토마스의 순교라는 "affray"가 있을 것을, 그러나 신성과 존엄의 면에 있어서는 굳건하리라는 것을 알면서도 알지 못한다. 이 고의적이고, 고래적(古來的)인 철자법속에 irony의 작용이 표현되도록 의도되고 있다.

The strain on the brain of the small folk who stand to
the doom of the house, the doom of their lord, the doom
of the world? O Thomas, Archbishop, leave us, leave us,
leave sullen Dover, and set sail for France. Thomas our
Archbishop still our Archbishop even in France. Thomas
Archbishop, set the white sail between the grey sky and
the bitter sea, leave us, leave us for France.

SECOND PRIEST.   What a way to talk at such a juncture!
You are foolish, immodest and babbling women.
Do you not know that the good Archbishop
Is likely to arrive at any moment?
The crowds in the streets will be cheering and cheering,   200
You go on croaking like frogs in the treetops:
But frogs at least can be cooked and eaten.
Whatever you are afraid of, in your craven apprehension,
Let me ask you at the least to put on pleasant faces,
And give a hearty welcome to our good Archbishop.

Enter THOMAS

THOMAS.   Peace. And let them be, in their exaltation.
They speak better than they know, and beyond your
understanding.

인간의 두뇌에는
얼마나 큰 고통인줄을 아십니까?
오 토마스 대주교여!
우리를 놓아주십시오.
우리를 버려 주십시오.
음울한 도우버를 떠나, 프랑스로 돌아가 주십시오.
당신은 프랑스에 계셔도 여전히 우리의 대주교이십니다.
토마스 대주교여!
잿빛 하늘과 쓰디쓴 바다 가운데 흰 돛을 올리십시오.
우리를 떠나 주십시오, 우리를 떠나 주십시오, 프랑스로 향
하십시오.

사제2　이런 중요한 때에 그게 무슨 말인가? 어리석고 버릇없고 시
끄러운 것들
대주교께서 지금 당장 오실지도 몰라.
사람들은, 흥이 나서 환호성에 환호성을 지르는 판에 너
희는　　　　　　　　　　　　　　　　　　　　　　　　200
나무 꼭대기에 앉은 개구리처럼 꽉꽉 대기만 하는구나. 개
구리라면 차라리 요리나 해먹을 수 있지. 무엇이 두렵던
간에 까마귀 상은 집어치우고. 부탁이니 웃는 낯으로 대주
교 님을 충심으로 환영하기를.

토마스 등장

토마스　그대들에게 평화가 있기를. 격양된 저들을 그대로 내버려두
어라. 저들은 그들이 알고 있는 것보다 여러분이 이해하는
것보다 더 말을 잘 하고 있다. 이들은 행위하거나 고통하는
것이 무엇인지를 알고도, 알지 못하며,

They know and do not know[25], what it is to act or suffer.

They know and do not know, that action is suffering

And suffering is action. Neither does the agent suffer 210

Nor the patient act. But both are fixed

In an eternal action, an eternal patience

To which all must consent that it may be willed

And which all must suffer that they may will it,

That the pattern may subsist, for the pattern is the action

And the suffering, that the wheel may turn and still

Be forever still.

SECOND PRIEST O my Lord, forgive me, I did not see you coming,

Engrossed by the chatter of these foolish women.

Forgive us, my Lord, you would have had a better welcome 220

If we had been sooner prepared for the event.

행동은 고뇌요, 고뇌는 행동임을 또한 알고도 알지 못하
고25) 있다.   210

행동하는 자는 고뇌하지 않고, 고뇌하는 자는 행동하지 않
으나, 영원한 행위, 영원한 인내 속에서 고뇌와 행동은 결합
하는 것, 모두 이것을 받아 드리고 그와 같이 되기 위해 모
든 고통을 달게 받아야 된다.

원형이라는 것은 존속 될 수 있는 것, 그것은 행동인 동시에
고뇌가 되는 것이니까. 수레바퀴는 돌아가는 동시에 정지하
며 영원히 정지될 수 있다.

사제   아 대주교님 용서하십시오 이 어리석은 여인들의 수다에
           말려 그만 대주교님께서 오시는 것을 보지 못했습니다.
           용서하십시오. 대주교님.
           우리가 좀 더 일찍 대주교님을 맞을 준비를   220
           했더라면 더 잘 영접해 드릴 수 있었을 터인데.

---

25) They know and do not know: 이 말로 시작되는 구절(...Be forever still.)은 토마스라는
인물의 핵심적인 대사(key speech)로서, 나중 유혹자가 메아리처럼 반복한다. 이런 역설들
은 엘리웃의 시 문체의 전형적인 면모가 되고 있다. 이 구절의 "영원한 인내(eternal
patience)"는 핵심적인 구절의 하나가 되는 것이다. patience는 라틴어 pati(=suffer)에서 왔
는데, patience에는, suffering이 주는 "enduring"의 느낌과 함께 "stillness"와 waitingness"
의 느낌이 있다. God suffers and is still and waits in 'the perpetual struggle of Good and
Evil'우리는 여기에 우리를 위탁할 것이고, 여전히 수레바퀴의 중심이 되고 있는 신의 뜻
에서 우리의 평화를 찾을 수 있을 뿐이고, 우리는 우리자신의 이익을 위해서 행동하거나
고통을 주고받아서는 안된다. 피조된 것들에 대한 애욕을 끊은 채 신의 뜻에 우리의 뜻을
통합함으로써 비로소 완성의 pattern에 도달하게 되는 것이다.
베켈은 미리 예정된 순교를 겪어내야 하고 전적으로 자유로운 한 행위에 의하여, 신의
뜻에 대한 목격의 행위에 의하여, 그것은 순교자가 되는 영광을 위해서가 아닌, 그의
뜻을, 별을 움직이는 사랑의 뜻과 합하기 위해 미리 예정된 순교에 자신을 바쳐야 하는
것이다. 옥중에서, 토마스를 살해하러 온 살인자들의 네 칼이 그를 둘러쌀 때, 이 칼들
은 수레바퀴의 살이 되고 있고, 토마스는 그 중심이 되고 있다. 이 살해는 제의성(祭義
性=ritual)을 띤다. 그들은 이 주변에서 행위하며, 그는 고요한 중심에 서서 인내하고
고통하며 목격하고 의지(意志)한다.

But your Lordship knows that seven years of waiting,

Seven years of prayer, seven years of emptiness,

Have better prepared our hearts for your coming,

Than seven days could make ready Canterbury.

However, I will have fires laid in all your rooms

To take the chill off our English December,

Your Lordship now being used to a better climate.

Your Lordship will find your rooms in order as you left

them.

THOMAS   And will try to leave them in order as I find them.   230

I am more than grateful for all your kind attentions.

These are small matters. Little rest in Canterbury

With eager enemies restless about us.

Rebellious bishops[26]: York, London, Salisbury,

Would have intercepted our letters,

Filled the coast with spies and sent to meet me

Some who hold me in bitterest hate.

By God's grace aware of their prevision I sent my

letters on another day,

Had fair crossing, found at Sandwich   240

Broc, Warenne, and the Sheriff of Kent[27],

Those who had sworn to have my head from me

그러나 대주교님, 아시겠지요. 저희들이 칠년을 가다렸다는 것을. 칠 년 간의 기원과 칠 년 간의 허탈이 기다리던 우리의 마음을 당신을 맞으려고 캔터베리를 정돈하는 일주일의 준비에 비하겠습니까? 그러나 잉글랜드의 십이월은 차갑고 대주교님께서는 좀 더 따뜻한 기후에 익숙해지셨으니, 쓰실 방마다 불을 넣겠습니다. 모든 방들은 대주교님께서 떠나시기 전 그대로 정돈되어 있습니다.

토마스 다 그대로 두어라 그대들의 배려는 정말 고마우나 그런 것들은 문제가 되지 않는다. 매서운 적들이 쉴 새 없이 우리를 둘러싸고 있는 지금 캔터베리에 진정한 휴식은 없다.[26] 요크, 런던, 쏠스베리의 반역한 주교들은 우리들의 편지를 가로채려고 날 뛰고, 해안에는 정탐꾼들을 숨겨놓고 내게 가장 증오를 품은 자를 보내어 나를 기다리게 했다. 그러나 하느님의 은총으로, 나는 그들의 계획을 미리 알게 되었다. 그리하여 내 편지를 다른 날에 보내고, 무사히 바다를 건넜으나 샌드위치에서 맹세코 내 목을 베겠다던 브록, 와렌과 켄트주[27]의 장관을 만났다.

---

26) Rebellious bishops: 요크의 대주교는 1170년 토마스와 교황의 방해에도 불구하고(이 대관식은 켄터베리 대주교의 특권임) 왕자를 대관했다. 런던과 솔즈베리의 주교들은 요크의 대주교와 짜고 프랑스로부터 토마스가 착륙하면 그를 덮쳐 그가 몸소 지니고 온 문서와 편지들을 탈취할 것을 계획 했으나 토마스는 이 음모를 알고, 미리 그 문서와 편지들을 해협너머로 보냈다.

27) Broc, Warenne, and the Sheriff of Kent: 베켈을 반역자로 기소했던 헨리왕의 지지자들. Warenne은 실상 왕의 이복형제. Ranulf de Broc은 네 기사와 가까운 친구로서 그들은 토마스 살해 전후에, Saltwood에 있는 Broc의 성에 머물렀다. 베켈의 오랜 적이었던 그는, Kent의 Sheriff인 Reginald de Warenne과 더불어, Sandwich항구로 돌아오는 베켈의 귀향을 반대했던 일당의 우두머리(Willwam of Canterbury 서술참조).

Only John, the Dean of Salisbury[28],

Fearing for the King's name, warning against treason,

Made them hold their hands. So for the time

We are unmolested.

FIRST PRIEST   But do they follow after?

THOMAS   For a little time the hungry hawk

Will only soar and hover, circling lower,

Waiting excuse, pretence, opportunity.

End will be simple, sudden, God-given[29],   250

Meanwhile the substance of our first act

Will be shadows, and the strife with shadows[30].

Heavier the interval[31] than the consummation,

All things prepare the event. Watch.

Enter FIRST TEMPTER

다만 쏠즈베리[28]성당(Dean)의 존만이

왕의 이름을 두려워하며, 반역에 대항하여 경고하며

저들의 손을 멈추게 했소. 그렇게

우린 잠시 당분간 무사하게된 거요

사제1 그들이 뒤를 쫓을까요?

토마스 굶주린 매는 구실과 기회를 찾으려, 얼마 동안은 나지막하

게 하늘을 날으며 빙빙 맴돌고 있을꺼요.

결말이란 단순하고 순간적이며 그것은 신이 내리는 것[29].

그때까지 우리가 취하는 첫 행위가 그림자요, 그림자[30]와의

투쟁일 뿐.

종말보다는 그 사이[31]가 더 견디기 힘든 법.

만사는 사건을 예비하는 법이니, 깨어 있으라.

음악

---

28) John, the Dean of Salisbury: John of Oxford는 평생 토마스의 헌신적인 친구로서, Broc, Warenne, Gervase에게 항거하며, 반역의 위험을 경고하면서 대주교와 협의할 것을 설득시켰다. 토마스는 이러한 결과로 방해받지 않고 켄터베리로 무난히 돌아오게 되었다.

29) End will be simple, sudden, God-given: 토마스의 죽음에 대한 예견은 단순히 호머적 영웅들이 보여준 유산의 하나로서의 시적 어법은 아니다. 1164년 토마스는 그의 망명 전, 왕과 작별할 때 "나는 때가 오면 나의 주를 위해 죽을 것이요"라는 예언저인 말을 남긴 바 있다.

30) the substance of our first act will be shadows, and the strife with shadows: 윤무 하는 세상, 이 세상과 그에 따라 영향 받으며 결정되는 our first act는 결국 그림자와 같은 변수.

31) the interval: our first act 로부터 consummation이전까지의 기간. the consummation은 자기결단에 따른 자기포기와 더불어 오는 자유와 해방을 내포한 것.

FIRST TEMPTER[32] You see, my Lord, I do not wait upon ceremony: Here I

have come, forgetting all acrimony,

Hoping that your present gravity Will find excuse for my

humble levity Remembering all the good time past.

Your Lordship won't despise an old friend out of favour? 260

Old Tom, gay Tom, Becket of London[33],

Your Lordship won't forget that evening on the river

When the King, and you and I were all friends

together?

Friendship should be more than biting Time can sever.

What, my Lord, now that you recover

Favour with the King[34], shall we say that summer's

over Or that the good time cannot last?

Fluting in the meadows, viols[35] in the hall,

Laughter and apple-blossom floating on the water,

Singing at nightfall, whispering in chambers,   270

Fires devouring the winter season,

Eating up the darkness, with wit and wine and wisdom!

Now that the King and you are in amity,

Clergy and laity may return to gaiety,

Mirth and sportfulness need not walk warily.

유혹자1[32]　　　대주교님! 보시다 시피 저는 격식을 차리려고 온 것이 아닙니다. 제가 과거의 모든 쓰라린 일을 잊고서 제가 여기 온 것은 지금의 어둡고 무거운 상태에서 지난 모든 화려했던 때를 기억하시고 미천한 저의 이 경박한 행위를 이해해 주실 것을 바라는 마음에서입니다. 대주교께서는 옛 친구를 저버리고 경멸하시지는 않겠지요. 260 정든 톰 명랑한 톰 런던[33]의 베케트여, 대주교님 테임즈 강가의 그날 저녁을 잊으실 수는 없겠지요. 국왕[34]과 당신과 제가 정답게 어울려 친구가 되던 그날 밤을? 야속한 세월이라고 우정을 떼어놓을 수는 없는 것 국왕의 호의를 회복하신 이제 '여름이 다갔다 좋은 시절은 끝났다' 이렇게 말할 수 있을까요?

자의 피리소리. 무도회장을 흐른 바이얼린[35] 가락, 웃음소리, 물 위에 떠가는 사과 꽃, 석양의 노래, 침실의 속삭임,　　　270 기지와 포도주와 지혜를 가지고 어둠을 잠식시켜가는 겨울을 태우는 불꽃들! 이제 국왕과 당신은 화해하셨으니 성직자이건 속인이건 간에 명랑한 시대로 돌아갈 수 있을 것이고, 환락과 쾌락의 걸음걸이는 조심스럽지 않아도 됩니다.

---

32) FIRST TEMPTER: 중세의 도덕극 속에 등장하는 육체적 쾌락을 반영하는 인물의 잔여로서, 토마스가 안일하게 보내던 청춘시절과 함께, 그의 도덕적 회의와 타협하도록 유인하던 정치적 성공과 개인적 행복을 토마스에게 상기시켜준다. 첫째 유혹자는, 육적인 갈증을 흡족 시켜주는 유혹의 상징으로서, 즐거움, 운동, 음악, 좋은 친구, 호화스런 음식, 화려함, 로만스 등을 사랑하는 관능적인 자연인이다.

33) Old Tom, gay Tom, Becket of London: 사치스럽고 고전적인, 토마스의 세속적인 청춘시절은 그의 후기의 장중한 생활과 예리한 대조를 보인다.

34) Now that you recover favour with the King: 1170년 7월22일에 있었던 토마스와 국왕사이의 불안하게 끝난 저 협정에 대해 첫째 유혹자가 자신의 방식대로 하는 말. 헨리는, 영국은 저러한 울새(robin) 두 마리를 함께 수용할 수 있는 숲이 아니라고 말했다.(Dom David Knowles은 그의 책 Historian and Character(1963)에서 토마스 베켙에 관해 쓴 주요비평에서 인용.) 셋째 유혹자는 왕의 울새와 대주교의 울새간의 관계에 대해그릇 되고 낙관적인 관점을 투입하고 있다. 실제로 베켙은 결백하기로 유명했다. 엘리옷은 역사 그대로 토마스의 과거에 있어서 그가 행실에 어떤 헐거운 점도 암시되지 않도록 주의하고 있다.

35) viols: 중세의 현악기로서, 현대의 바이올린의 전신.

THOMAS   You talk of seasons that are past.

              I remember Not worth forgetting.

TEMPTER   And of the new season.

              Spring has come in winter.

              Snow in the branches Shall float as sweet as blossoms.

              Ice along the ditches

              Mirror the sunlight. Love in the orchard   280

              Send the sap shooting. Mirth matches melancholy.

THOMAS   We do not know very much of the future

              Except that from generation to generation

              The same things happen again and again.

              Men learn little from others' experience[36].

              But in the life of one man, never

              The same time returns[37]. Sever

              The cord[38], shed the scale. Only

              The fool, fixed in his folly, may think

              He can turn the wheel on which he turns[39].   290

토마스	너는 지나간 세월을 이야기하는구나. 잊을 가치조차 없는 것들이 생각나는군.
유혹자1	그것은 또한 새 시대에 대한 이야기지요. 겨울 속에 봄이 옵니다. 나뭇 가지의 눈은 꽃처럼 달콤하게 날릴 것입니다. 시내에 낀 얼음은 햇빛을 비쳐줄 것입니다. 또한 과수원 속의 사랑은 수액을 뿜게 해주니 우울함은 환락에 어울립니다.
토마스	우리는 미래에 대해서 별로 알지 못한다. 다만 똑같은 것들이 세대를 거쳐 되풀이된다는 것밖에는. 인간은 다른 사람의 경험36)을 통해 별로 배우지 못하는 법. 한 인간의 삶속에서, 결코 같은 때가 두번 오지는 않는다37). 끊어라 줄38)을, 던져라, 저울을. 다만 어리석은 바보만이, 그 자신의 어리석음 속에 갇혀,

운명의 수레바퀴를 손수 돌릴 수 있다고 생각하는 법이
다39).   290

---

36) We do not know very much of the future...experience: 우리가 아는 것은 오로지 미래에도 해아래 새로운 것이 없이 똑같이 반복될 뿐이라는 사실 뿐이다. 전도서를 연상케 하는 이 구절은 인간의 모든 노력과 지혜의 상대성과 허무성에의 인식을 보여준다.

37) But in the life of one man, never/The same time returns: 오직 인간만이 결단하는 주체로서 늘 현재에서 새롭게 미래를 꿈꾼다.

38) The cord: 외부적인, 세속적인 것에의 예속. the scale: 세속적인 척도.

39) The wheel on which he turns: 여기에서 엘리옷은 수레바퀴라는 심상(image)을 통하여 인간·시간·영원과 신의 관계에 대한 사상을 나타내려고 하고 있다. 이 극에 지배적으로 등장하는 이 심상을 통해 계속해서 중심적인 의미를 거듭 암시한다. 그것은 최초로 137행에서는 일시적인 사건들(temporal events)의 전환을 의미하고 216행과 598행에서는 더욱 강렬하게 나타나며, 토마스의 성탄설교의 결론 부(막간61-70)에서 더욱 의미 깊은 함축성을 부과하고 있다. 이 세상에서 우리가 미래에 대해 아는 전부는 과거와 똑 같을 것이라는 사실 뿐, 해가 지고 뜨며, 똑같은 계절, 똑같은 인간상황이 올 것이다. 피할 길 없이 이렇게 되돌아오는 과정과 문제 속에 붙잡혀있는 우리는 아무 궁극적 목표가 없는 듯 여겨진다. 그러나 우리가 신의 뜻에 부응하여 우리의 뜻을 포기할 때 그리하여, 저 "cord"를 끊고(287-8행), 뱀이 낡은 껍질을 벗어 자신을 새롭게 하듯, "shed the scale" 하여, 우리의 뜻을 새롭게 한다면, 우리는 시간의 무의미한 순환에서 벗어날 수 있을 것이다. 우리는 수레바

TEMPTER   My Lord, a nod is as good as a wink.

A man will often love what he spurns.

For the good times past, that are come again I am

your man.

THOMAS   Not in this train Look to your behaviour. You were safer

Think of penitence and follow your master[40].

TEMPTER   Not at this gait!

If you go so fast, others may go faster.

Your Lordship is too proud!

The safest beast is not the one that roars most loud,   300

This was not the way of the King our master!

You were not used to be so hard upon sinners

When they were your friends. Be easy, man!

The easy man lives to eat the best dinners.

Take a friend's advice. Leave well alone,

Or your goose may be cooked and eaten to the bone.

THOMAS   You come twenty years too late.

TEMPTER   Then I leave you to your fate.

I leave you to the pleasures of your higher vices,

Which will have to be paid for at higher prices.   310

퀴의 중심에 서서 우리의 뜻을 신의 뜻에 통합함으로써 저 pattern의 일부가 되는 것이다.
저 pattern이란 "Incarnation"이래, 생(生)에 대한 의미를 부여해온 것.

유혹자1   우리 대주교님, 고개를 끄덕하는 것은 그저 한 번 윙크하는
         거와 같습니다. 사람이란 흔히 한때 내던졌던 것을 좋아하게도
         됩니다. 지나간 좋은 시절은 다시 오는 법입니다. 저는 당신의
         심복입니다.

토마스   그런 식으론 안돼! 네 행동을 조심해. 회개할 생각을 하며
         네 주인40)을 따르는 것이 더욱 안전할거다.

유혹자1   이런 보조로 가시면 안 됩니다! 당신이 빨리 가신다면, 다른
         자들은 더 빨리 갈지도 모르는 법. 대주교님, 당신은 너무
         오만하구려. 가장 크게 우는 짐승이라고 해서 가장 안전한
         짐승은 아닙니다.   300
         우리의 주인이신 국왕도 그런 식으론 하지 않습니다. 당신은
         당신의 친구들인 죄인들에게 이렇게 몹시 구는 법은 없었지요?
         가볍게 생각하게나, 친구! 쉽게 사는 사람이 최고의 성찬을
         먹을 수 있는 거요. 친구의 충고를 받아들이는 거요. 아니면
         그대로 놓아두는 것이 상책. 그렇지 않으면 집에서 키우는 거위
         뼈다귀 까지 다 잡아 먹히고 말아.

토마스   너는 이십 년 늦게 왔다.

유혹자1   그러면 난 자네를 자네의 운명에 맡기는 수밖에 없어. 나는
         자네를 좀 더 고차원적인 악에 맡기겠어. 그러니 그것을
         사자면 좀 더 비싼 값을 지불해야 할 걸?   310

---

40) Think of penitence and follow your master: 여느 사제가 그러하듯, 토마스는 그의 방문
    객에게 쾌락의 삶이 아닌 그리스도의 삶을 참회와 함께 추구할 것을 상기시키고 있다.
    마치 첫째 유혹자에게 이런 충고가 필요한 한, 평범한 인간인 양 충고를 하도록 한 것은,
    엘리옷이 애초에 유혹자들을 실제로 토마스를 방문한 역사적인 인물들로 구상했던 흔적
    을 보여준다. 이와 같은 흔적을 셋째 유혹자에게 토마스가 하는 말(lines 419-21)에서도
    보여 진다.

Farewell, my Lord, I do not wait upon ceremony,

I leave as I came, forgetting all acrimony,

Hoping that your present gravity

Will find excuse for my humble levity.

If you will remember me, my Lord, at your prayers,

I'll remember you at kissing-time below the stairs.

THOMAS   Leave-well-alone, the springtime fancy,

So one thought goes whistling down the wind.

The impossible is still temptation[41].

The impossible, the undesirable,   320

Voices under sleep, waking a dead world,

So that the mind may not be whole in the present.

Enter SECOND TEMPTER

SECOND TEMPTER[42]   Your Lordship has forgotten me, perhaps: I will remind

you.

대주교님 안녕히 계시오. 모든 괴로운 추억을 잊고서 오던 때와 같이 격식 없이 떠나겠습니다. 장중하신 당신께서 제 경박한 경솔을 이해해 주시길 바랍니다. 대주교님! 만일 대주교님께서 기도시간에 저를 기억해 주신다면 저는 계단아래서 여인들과 입맞출 때 당신을 기억하겠습니다.

토마스   그대로 놓아 두는 것이 가장 좋은 것.

봄철의 환상은 바람에 휘날려 가는 것.

유혹41)이라니, 있을 수도 없는 일. 가당치도 않은 불쾌한 소리들이,   320

잠자고 있던 소리들을, 이제껏 죽어있던 세계를 깨우고 있다니

그래, 지금의 마음이란 온전치 못한 것이 될 수도 있겠지.

둘째 유혹자 등장

유혹자42)   대주교님게서는 아마도 저를 잊었을 겁니다. 제가 상기시켜 드리죠.

---

41) The impossible is still temptation: 비록 그런 사실이 없었기를 빈번히 원할지라도 과거를 새로 형성하는 일은 불가능한 일이다. 토마스는 현재의 전적으로 마음을 집중하기를 원한다.

42) SECOND TEMPTER: 제 이 유혹자는 정치적 권력의 행사를 추구하는 자로서, 토마스가 대법관직을 사임하고 대주교가 된 것은 통치를 희구하는 자로서는 커다란 실수였다고 비난한다. 그는 토마스가 국왕과 우정을 나누던 시절, 국왕의 chancellor로서 행사했던 현세적인 권력을 희구하도록 부추기며 공직을 권유한다. '모든 지상의 왕국들' 위에 군림하는 세속적인 권력을 붙잡을 것을 충동하는 유혹이 되고 있다.

We met at Clarendon, at Northampton,

And last at Montmirail[43]. in Maine.

Now that I have recalled them,

Let us but set these not too pleasant memories In

balance against other, earlier And weightier ones: those,

of the Chancellorship.

See how the late ones rise[44]! You, master of policy

Whom all acknowledged, should guide the state again. 330

THOMAS Your meaning?

TEMPTER The Chancellorship that you resigned

When you were made Archbishop - that was a mistake

On your part - still may be regained. Think, my Lord,

Power obtained grows to glory,

Life lasting, a permanent possession.

A templed tomb, monument of marble.

Rule over men reckon no madness.

THOMAS To the man of God what gladness?

우리는 클레멘톤에서 노댐톤에서 마지막으로는 메인에 있는 몽트미레일43)에서 만났지요. 이제 상기시켜 드렸으니 과히 즐거운 추억들이 아닐지라도 예전의 더욱 강열한 추억들과 나란히 놓으시길 바랍니다. 대법관으로 계실 때의 추억들과 말입니다. 얼마나 유쾌한 것들이었습니까?44)

당신은 정책의 왕! 누구나 다시 당신   330
이 국가를 통치해야 한다고 믿습니다.

토마스　무슨 소린가?

유혹자2　당신은 대주교가 되면서 대법관식을 하직했습니다. 그것은 큰 실수였습니다. 하지만 대주교님께서는 아직도 그 자리로 돌아갈 수 있습니다. 생각해 보십시오. 성취된 세력이란 영광으로 자라고 영속하는 생명이며 영원한 재산입니다. 그것은 또한 신전에 세운 제단이요. 대리석 기념탑이 아닙니까? 인간을 통치하는 일을 부질없는 미천한 짓으로 보지 마십시오.

토마스　하느님의 종에게 어떤 다른 기쁨이 있겠는가?

---

43) We met at Clarendon, at Northampton, And last at Montmirail: Clarendon은 Salisbury 근처의 한 마을이다.(Wiltshire). 교회에 대한 국가의 우월권의 확보를 목적하는 Clarendon 헌장(Constitutions of Clarendon)이 1164년에 통과되었다. 이때, 토마스는 처음으로, 전적인 힘을 가지고 다가오는 타협의 유혹을 만나게 된다. 그가 헨리와 이제까지 나눠온 우정이 이때에 깨어지게 된다. 역시 같은 해에, Northampton에서, 국왕이 그를 소환하여 그가 대법관시절 동안 들었던 비용을 그에게 주려고 했을 때, 그는 보다 쉬운 것을 택하고 국왕에게 굴종할 수도 있었으나 굴하지 않았다. 마지막으로 1169년 11월 Montmirail에서, 또 다른 유혹이 토마스로 하여금 그의 태도를 바꾸고 국왕의 관점을 받아들이도록 유도했다(1169년1월, Montmirail Council에서 토마스는 또다시 국왕과 싸웠다). 베켙이 영국으로 돌아오기 전 헨리와 불안한 협정을 맺은 곳도 또한 이 Montmirail이다.

44) See how the late ones rise!: 양자 간에 서로 대립하고 있는 한 쌍의 저울에 놓여져 있으나, 토마스가 대법관 당시 국왕과 맺은 관계가 가지는, 비중이 보다 더 크고 행복한 추억들은 나중의 것을 압도할 수 있다고 믿는 둘째 유혹자는 저 옛 권력이 다시 얻어질 수 있음을 암시한다.

TEMPTER   Sadness Only to those giving love to God alone.

Shall he who held the solid substance Wander waking 340

with deceitful shadows[45)]? Power is present. Holiness

hereafter.

THOMAS   Who then?

TEMPTER   The Chancellor, King and Chancellor.

King commands. Chancellor richly rules.

This is a sentence[46)] not taught in the schools[47)].

To set down the great, protect the poor,

Beneath the throne of God can man do more?

Disarm the ruffian, strengthen the laws,

Rule for the good of the better cause,

Dispensing justice make all even,   350

Is thrive on earth, and perhaps in heaven.

THOMAS   What means?

TEMPTER   Real power Is purchased at price of a certain submission.

Your spiritual power is earthly perdition. Power is

present, for him who will wield.

THOMAS   Who shall have it[48)]?

TEMPTER   He who will come.

THOMAS   What shall be the month?

TEMPTER   The last from the first.

THOMAS   What shall we give for it?

유혹자2   하느님만을 사랑하는 자에게는 슬픔밖에 없겠지요. 확고한
         본질을 가진 자가 거짓된 그림자[45]에 깨어 방황하겠습니까?
         권력이란 현재의 관심사, 거룩함은 후세에 생각 할 일

토마스   그럼 누구얘긴가?

유혹자2   대법관 말입니다. 국왕과 대법관, 국왕은 명령하고 대법관은
         마음껏 통치합니다. 이것은 학교[46]에서 가르쳐주지 않는
         말[47]이지요, 큰 자는 제압하고, 가련한 자는 보호하는 법. 하
         느님의 보좌아래서 인간은 더 이상 무엇을 할 수 있겠습니까?
         악한을 평정하고, 법률을 강화하여 보다 나은 대의를 위해서
         통치하시고 정의를 고루 펴서 누구나 평등하게 하시면   350
         지상의 번영을 가져올 것이고, 어쩌면 하늘도 번영할 것입니다.

토마스   무슨 말이지?

유혹자2   참된 권력은 양보라는 대가를 치르고서 살 수 있는 것입니
         다. 정신세계에서 주는 당신의 권력이란 곧 세상에서의 죽
         음입니다. 권력은 그것을 잡는 자에게는 현세의 것입니다.

토마스   누가 그것을 잡는 자인가[48]?

유혹자2   거기에 나아가는 사람이지요.

토마스   때는?

유혹자2   처음부터 마지막 순간까지.

토마스   무엇을 하지?

---

45) With deceitful shadows: 첫째 유혹자속에 과거의 토마스를 담았던 쾌락의 그림자와,
    신만을 사랑하여 지상의 실질적인 권세를 잃고 예배 속에서 자신이 상실되도록 허락하
    는 그림자.
46) schools: 중세의 대학자들에서 논지를 달리하는 학파들(schools of disputation).
47) a sentence: 중세의 "sententia"를 의미. 의견, 격언(aphorism).
48) Who shall have it?: 엘리옷은 Sir Arthur Conan Dovle 의 The Musgrave Ritual의 영
    향을 받았다. 이런 식의 표현들이 많이 도입되고 있다.

TEMPTER   Pretence of priestly power.

THOMAS   Why should we give it?

TEMPTER   For the power and the glory.

THOMAS   No!   360

TEMPTER   Yes! Or bravery will be broken, Cabined in Canterbury,
           realmless ruler,

           Self-bound servant of a powerless Pope,

           The old stag, circled with hounds.

THOMAS   No!

TEMPTER   Yes! men must manoeuvre. Monarchs also,

           Waging war abroad[49], need fast friends at home.

           Private policy is public profit;

           Dignity still shall be dressed with decorum.

THOMAS   You forget the bishops[50] Whom I have laid under
           excommunication.

TEMPTER   Hungry hatred   370

           Will not strive against intelligent self-interest.

THOMAS   You forget the barons. Who will not forget

           Constant curbing of petty privilege.

TEMPTER   Against the barons

           Is King's cause, churl's cause, Chancellor's cause.

유혹자2   성직자의 권리처럼 보이는 것.

토마스   왜 바쳐야하지?

유혹자2   권력과 영광을 위해서.

토마스   안 된다!   360

유혹자2   됩니다! 그렇지 않으면 용기의 미덕이 깨어져서 캔터베리
          속에 갇혀버린 채, 영지 없는 지주인 무력한 교황의 종이 되
          어 스스로를 결박하며 사냥개에 포위당한 늙은 숫 사슴이
          됩니다.

토마스   안 된다!

유혹자2   됩니다! 인간에겐 계략이 필요합니다. 군주도 밖으로[49] 전
          쟁을 다스리자면 안으로는 가까운 동지가 필요한 것입니다.
          사사로운 정책이 공공의 이익이 되는 법. 권위 또한 적당한
          옷을 입어야 합니다.

토마스   자넨 내가 파문시킨 주교들에 대하여 잊고 있군[50].

유혹자2   배고픈 증오가   370
          현명한 자기 이익에 대항하여 다투지는 않을 것입니다.

토마스   너는 귀족들에 대하여 잊고 있다. 저들은 저들의 보잘 것 없
          는 특권이 언제나 억제당하고 있다고 생각한다.

유혹자2   귀족들에 대항할 수 있는 국왕으로서의 명분이 있고, 평민으
          로서의 명분이 있는가 하면 대법관으로서의 명분이 있습니다.

---

49) Waging war abroad: 헨리는 애란과 웨일즈 기타지역에서 전쟁을 벌였다.

50) The bishops: 1169년 4월13일 토마스가 파문했던 왕을 지지한 런던과 솔즈베리의 주교
    들. 왕은 그의 계승을 확고히 해두려고 요크의 대주교에게 그의 아들 헨리에게 대관할
    것을 명령했다. 국왕의 대관식은 언제나 캔터베리 대주교의 특권이었다. 국왕의 명령에
    쫓아 캔터베리 See의 권리를 훼손한 요크의 주교와 이 일에 조정했던 다른 자들에 대
    한 토마스는 이 특권을 정지시키고 파문했다.

THOMAS   No! shall I, who keep the keys Of heaven and hell,
           supreme alone in England,
           Who bind and loose[51], with power from the Pope,
           Descend to desire a punier power? Delegate to deal the
           doom of damnation,   380
           To condemn kings, not serve among their servants, Is
           my open office. No! Go.

TEMPTER   Then I leave you to your fate. Your sin soars sunward,
           covering kings' falcons[52].

THOMAS   Temporal power, to build a good world,
           To keep order, as the world knows order.
           Those who put their faith in worldly order
           Not controlled by the order of God,
           In confident ignorance, but arrest disorder[53],
           Make it fast[54], breed fatal disease,   390
           Degrade what they exalt. Power with the King-
           I *was* the King, his arm, his better reason.
           But what was once exaltation
           Would now be only mean descent.

토마스	안 된다. 천국과 지옥의 열쇠를 쥔 내가,
	교황의 도움으로 해방과 결박51)의 권리를 가진 내가,
	영국에서 제일가는 하늘의 권리를 가진 내가, 한 보잘 것 없
	는 권세를 탐하여 몸을 굽히겠느냐?
	세상의 악을 정죄하고, 왕들을 심판할 대리자로서 380
	저들의 심복과 결탁하지 않는 것이
	나의 떳떳한 직분이거늘. 안 된다! 물러가거라.
유혹자2	그러면 당신을 당신의 운명에 맡기겠오. 당신의 죄는 태양
	을 향하여 솟아올라 국왕의 머리 위를 뒤덮을 것입니다52).
토마스	좋은 세상을 건설한다는 덧없는 권력이여, 세상이 부르는 그
	질서를 수립한다는 것을 보라. 철저한 무지에 차서, 하느님의
	질서를 따르지 않고 세상의 질서를 숭배하는 자들이 사로잡혀
	있는 것은 혼란이요, 그들은 혼란53)을 더 짙게 하고54),
	치명적인 병을 키우기를 가속화하며, 390
	높여야할 것을 떨어뜨리고 있다.

---

51) Who bind and loose: 마태복음 16:19참조: "천국의 열쇠를 네게 주리니, 네가 땅에서 무엇이든 매면 하늘에서도 매일 것이요, 네가 땅에서 무엇이든지 풀면 하늘에서도 풀리리라 하시고." 이 권세는 그리스도로부터 베드로에게 주어진 것으로 베드로에게 전권을 부여하는 것으로 나타난다. 나중에 넷째 유혹자는 510行에서 토마스에게 이 권세를 이용하라고 부추긴다.

52) covering king's falcons: 첫째·둘째 유혹자들은 토마스의 약점으로 여겨지는 것 (쾌락에 대한 사랑, 국왕과의 우정을 지속하고 권력의 정치학에 있어서 어떤 세속적인 타협에 동의하려는 욕구 등)에 대고 호소해왔다. 토마스가 이런 것들에 굴복했다면 그는 정신적으로 국왕 아래에 오게 되었을 것이다. 그런데 토마스는 자신이 천국과 지옥의 열쇠를 가졌다고 자랑한다. 또한 그는 이 자랑을 통해 자신이 물리치는 보다 적은 죄들 위로 솟구치는 (유혹자가 말하듯) 교만의 죄를 범하고 있다.

53) but arrest disorder: I. e. 'only arrest disorder'

54) Make it fast...:(do not allow it food) 이 문단은 전체적으로, 국왕 헨리처럼 인간이 지은 법에 의한 통치를 신봉하는 자는 무식의 소치로 자만에 차, 참된 질서를 창조하지 않는 점을 지적한다. 그들의 무질서에 제동을 가하고 무질서에게서 그 기회를 빼앗아 굶주리게 하는 데 성공할지 모르나, 이렇게 함에 있어서, 신의 질서에 의해 제어되지 않는다면 그들은 보다 더 좋지 않은 무질서를 키우게 되고 그들은 정의와 의로움을 단지 한낱 인간의 개념으로 전락시키게 되는 것이다. 국왕의 법을 섬김은(베켈이 담당했던) 신의 법에 대한 봉사로부터의 전락이다.

Enter THIRD TEMPTER

THIRD TEMPTER[55]: I am an unexpected visitor.

THOMAS   I expected you.

TEMPTER   But not in this guise, or for my present purpose.

THOMAS   No purpose brings surprise.

TEMPTER   Well, my Lord, I am no trifler, and no politician.

To idle or intrigue at court

I have no skill. I am no courtier.   400

I know a horse, a dog, a wench;

I know how to hold my estates in order,

A country-keeping lord who minds his own business. It

is we country lords who know the country And we who

know what the country needs. It is our country. We care

for the country. We are the backbone of the nation. We,

not the plotting parasites

About the King. Excuse my bluntness:

I am a rough straightforward-Englishman.   410

THOMAS   Proceed straight forward.

TEMPTER   Purpose is plain. Endurance of friendship does not

depend Upon ourselves, but upon circumstance. But

circumstance is not undetermined. Unreal friendship may

turn to real But real friendship, once ended, cannot be

mended. Sooner shall enmity turn to alliance.

The enmity that never knew friendship

Can sooner know accord.

세 째 유혹자 등장

유혹자3[55]　　　불청객입니다.

토마스　　　　나는 너를 기다렸다.

유혹자3　　　　지금 제가 가져온 이런 목적을 예측하신 것은 아니겠지요.

토마스　　　　어떤 목적이든 놀라지는 않겠다.

유혹자3　　　　그렇습니까? 대주교님! 저는 건달도 아니고 정치가도 아닙니다. 법정에서 빈들거리거나 음모를 꾸미는 재주는 없습니다. 저는 조정의 신하도 아닙니다. 제가 아는 것은 　　　400
고작해야 말과 개나 계집이고 가진 땅이나 관리할 줄 알고 제 일에나 머리를 쓰는 한 시골 지주일 따름입니다.
그래도 이 땅을 아는 자는 우리 지주들 뿐입니다. 우리는 이 땅이 필요로 하는 것을 알고 있습니다. 이 땅은 우리 것이고 우리는 땅을 염려하니까요. 우리야말로 조국의 뼈댑니다. 우리는 왕에게 아첨하여 음모나 꾸미는 기생충과 같은 인간과는 다릅니다. 저의 무례함에 용서를. 전 그저 투박하고 솔직한 잉글랜드인입니다. 　　　410

토마스　　　　솔직하게 계속해라.

유혹자3　　　　목적이란 명백합니다. 우정이 지속하는 가의 여부는 우리 자신이 아니라, 상황에 달린 것입니다. 헌데 상황이란 것이 불투명한 것이지요. 진실하지 않은 우정이 진실한 우정으로 바뀔 수도 있고, 진실한 우정도 한 번 끊어지면 고칠 수 없게 되기도 합니다. 불화가 훨씬 쉽게 화해로 바뀔 수도 있고 우정을 전연 모르던 사이가 이내 화합할 수도 있습니다.

---

55) **THIRD TEMPTER**: 왕에 대항하는 봉건귀족들(feudal barons)을 대표하는, 왕권자체에 도전하며 교회의 권력을 세속적인 방식으로 이용하려드는 자이다. 이 유혹은 초자연적인 세력을 오용하도록 하는 (그리스도의 경우 기적을 쇼우처럼 행사하도록 하는) 유혹이다.

THOMAS   For a countryman

You wrap your meaning in as dark generality   420

As any courtier.

TEMPTER   This is the simple fact!

You have no hope of reconciliation

With Henry the King. You look only

To blind assertion in isolation. That is a mistake.

THOMAS   O Henry, O my King!

TEMPTER   Other friends May be found in the present situation.

King in England is not all-powerful; King is in

France[56], squabbling in Anjou;

Round him waiting hungry sons[57].

We are for England.   430

We are in England.

You and I, my Lord, are Normans[58].

England is a land for Norman

Sovereignty. Let' the Angevin[59]

Destroy himself, fighting in Anjou.

He does not understand us, the English barons.

We are the people.

THOMAS   To what does this lead?

TEMPTER   To a happy coalition Of intelligent interests.

토마스　시골 사람 답지 않게 숨은 의도를 엉큼하게 일반화하여 말
　　　　할 줄 아는 구나.　　　　　　　　　　　　　　420

유혹자3　제 말은 단순한 사실들뿐입니다! 대주교님께서는 헨리왕과
　　　　화해할 희망이 없으시지요. 당신은 그저 혼자 떨어져서 맹
　　　　목적인 주장만 고집하시는데 그건 과옵니다.

토마스　오 헨리왕, 국왕이여. 무릎꿇고 국왕이 계신 쪽을 향해 절
　　　　한다.

유혹자3　현재의 상황에서 다른 친구들을 찾을 수 있습니다. 영국 국왕
　　　　만이 절대 유력자가 아닙니다. 국왕은 프랑스56)에 있습니다.
　　　　굶주린 자식57)들에게 둘러싸인 채앙쥬에서 싸우고만 계십니
　　　　다. 우리는 영국을 위해 있고, 우린 영국에 있습니다.　　430
　　　　대주교님! 저나 당신은 노르만58) 사람입니다. 영국은 노르
　　　　만사람이 통치해야 할 땅입니다. 앙쥬인59)은 앙쥬에서 싸우
　　　　며 스스로를 멸하도록 두십시오. 앙쥬인과 국왕은 우리영국
　　　　지주들을 알지 못합니다. 우리는 이 땅의 백성입니다.

토마스　이야기의 골자는 무엇인가?

유혹자3　이성적인 이익들 간의 행복스런 결합이요.

---

56) King is in France: 헨리는 프랑스의 영국 왕 통치령인 Auvergne의 간섭으로 인해 붙
　　들려 있었다.
57) hungry sons: 헨리왕의 말년은 그의 아들들의 분쟁으로 인해 어두웠다.
58) you and I, my Lord, are Normans: 토마스의 부친은 Routen의 원주민이고 모친은
　　Caen출신으로 둘 다 순수한 노르만 혈통이었다. 부친 Gilbert는 노르만디의 한 기사가
　　문 출신이었는데, 이 가계에서 또한 영국을 정복한 노르만인 William I세가 나왔다.
59) Let the Angevin: 헨리는 즉위당시 프랑스 Anjou의 Count였다. 그는 Anjou의 Geoffrey
　　의 아들로 프랑스의 Anjou와 Maine에 있는 상당한 토지를 물려받았고 1152년 Eleanor
　　of Aquitaine과 결혼함으로써 Aquitaine을 획득했다. 그의 자식들은 그에 대해 반락적
　　인 태도를 보였다.

THOMAS   But what have you - If you do speak for barons -

TEMPTER   For a powerful party

            Which has turned its eyes in your direction -   440

            To gain from you, your Lordship asks.

            For us, Church favour would be an advantage,

            Blessing of Pope powerful protection In the fight for

            liberty. You, my Lord, In being with us, would fight a

            good stroke At once, for England and for Rome, Ending

            the tyrannous jurisdiction[60] Of king's court over

            bishop's court, Of king's court over baron's court.

THOMAS   Which I helped to found.   450

TEMPTER   Which you helped to found. But time past is time

            forgotten. We expect the rise of a new constellation.

THOMAS   And if the Archbishop cannot trust the King, How can

            he trust those who work for King's undoing?

TEMPTER   Kings will allow no power but their own; Church and

            people have good cause against the throne.

THOMAS   If the Archbishop cannot trust the Throne, He has

            good cause to trust none but God alone. I ruled once

            as Chancellor

            And men like you were glad to wait at my door.   460

            Not only in the court, but in the field And in the tilt-yard[61]

            I made many yield. Shall I who ruled like an eagle over

            doves Now take the shape of a wolf among wolves?

토마스 그래 자네가 지주들을 대변하여말하고자 하는-- 자네의 의
중에 품고 있는 것은?

유혹자3 저는 당신의 취하는 방향으로 눈을 돌리는 한 강력한 무리를
위해서, 말하는 것입니다. 당신이 물으시는 바와 같이, 440
우린 당신에게서 이익을 보고자 합니다. 우리는 교회의 도움
을 바라고 있습니다. 자유를 향한 투쟁에서 교황의 축복은 강
력한 울타리가 됩니다. 대주교님! 당신은 우리와 함께함으로
써 영국과, 동시에 로마를 위해서, 훌륭한 일격을 가하시게 될
겁니다. 주교의 사원위에 군림하는 왕실 독재의 감독을 종식
시키는 그 일격은, 왕실의 권한60)을 종식시키는 일격입니다.

토마스 나는 국왕께서 그 권한을 수립하는 것을 도왔다. 450

유혹자3 비록 도우셨지만, 그건 지나간 세월, 망각된 시간입니다. 우
리는 한 새로운 별의 등장을 기대하고 있습니다.

토마스 대주교가 국왕을 신뢰할 수 없을진대 국왕에 대해 반역하는
자를 대주교가 어찌 신뢰할 수 있겠는가?

유혹자3 왕들은 자신의 권력 이외에는 어떤 권력도 허용하지 않으려고 합니
다. 교회와 백성이 왕좌에 반항하는 것은 타당한 근거가 있습니다.

토마스 대주교가 왕을 신뢰할 수 없다면 그가 하느님외의 어떤
것도 신뢰하지 않을 타당한 근거가 있어야 할진데, 나는
대법관으로 군림했고,
그때 너와 같은 인간들이 내 문간에서 대기하는 것을 영광
으로 알았다. 460
조정에서나, 들에서나, 운동경기장61)에서 나는 무수한자들을
굴복시켰다. 비둘기위에 군림하는 독수리처럼 통치했던 내가,
이제 여우들 가운데에 낀 한 마리의 늙은 여우 꼴을 할까?

---

60) Tyrannous jurisdiction: 헨리 Ⅱ세가 시도하는 교회를 포함하여 국내 전역에 걸쳐 국왕
의 법정이 통제하는 법의 단일적인 체제의 확립에 대한 셋째 유혹자의 묘사.
61) in the tilt-yard: 토마스는 초기에 훌륭한 기수(horseman)였고, 전투에 능란했다.

Pursue your treacheries as you have done before:

No one shall say that I betrayed a king.

TEMPTER   Then, my Lord, I shall not wait at your door.

And I well hope, before another spring The King will

show his regard for your loyalty.

THOMAS   To make, then break[62], this thought has come before, 470

The desperate exercise of failing power.

Samson in Gaza did no more. But if I break, I must

break myself alone.

Enter FOURTH TEMPTER

FOURTH TEMPTER[63] Well done, Thomas, your will is hard to bend.

And with me beside you, you shall not lack a friend.

넌 전과같이 계략으로 모반이나 계속해.

내가 왕을 배신했다고 말하는 일은 결코 없을 것이다.

유혹자3   그렇다면 대주교여! 나는 당신의 문간에 서있는 일을 포기하겠습니다. 새 봄이 오기 전에, 국왕께서 당신의 가상한 충성을 부디 알아주시게 될 것을 빌겠습니다.

토마스   짓기 위해서는 부셔라62)! 이 생각은 이전에도 떠올랐다.   470 무너져가는 힘의 결사적인 투쟁이여. 가쟈의 삼손도 이보다 더하지는 않았겠지. 그러나 부수겠다면 나는 나 자신만을 부셔야 할 것이다.

네 째 유혹자 등장

유혹자463)   토마스, 잘 해 내셨습니다. 당신에겐, 쉽게 굽힐줄 모르는 강한 의지가 있군요. 제가 당신 곁에 있어드린다면, 당신은 외롭지 않을 것입니다.

---

62) To make, then break, etc: 유혹자는 토마스가 국왕과의 화해의 희망이 없음을 시사했다. 또한 그는 그가 국왕의 세력을 부수기 위해서는 백작들과 동맹해야 함을 시사했다 (445行). 토마스는 마음속으로 아직 국왕을 극진히 사랑하나(425行), 그가 국왕을 더 이상 신뢰할 수 없는 한(458-9) 그보다는 신을 믿기를 택한다. 이를 실현하기 위해서는 왕의 힘을 부수어야 할 것이고, 토마스의 현재의 상황에서는 이것은 몰락해가는 자(471行)의 희망 없는 시도일 것이다(여기에 언급 되는 삼손의 이야기는 특히 Milton이 *Samson Agnostis*에서 다룬 것과 같이 취급되고 있다. 눈멀어 갇힌 가쟈의 삼손은 그가 힘을 행사하는 것을 구경하려고 3.000명의 블레셋인들이 모여들었던 집의 기둥들을 끌어내렸고 그리하여 그들에게와 그 자신에게 똑같은 파멸이 덮치게 했다 ; 사사기 16:21-30참조). 그러나 이제 국왕과 절교하려는 토마스에게 있어, 삼손의 승리는 없을 것이고 단지 자신만을 부수게 될 것이다(473行)

63) FOURTH TEMPTER: 토마스가 자신의 내부 속에 도사리고 있다고 이제까지 깨닫지 못했던 미묘한 유혹으로서 사후(死後)의 영광을 위한 순교의 유혹을 상징한다. 무덤으로부터 통치하고 하늘에서 높게 될 수 있기 위하여 성자의 지고한 영광을 추구하는 자이다.

THOMAS   Who are you[64]? I expected Three visitors, not four[65].

TEMPTER   Do not be surprised to receive one more. Had I been

          expected, I had been here before.

          I always precede expectation.   480

THOMAS   Who are you?

TEMPTER   As you do not know me, I do not need a name,

          And, as you know me, that is why I come.

          You know me, but have never seen my face.

          To meet before was never time or place.

THOMAS   Say what you come to say.

TEMPTER   It shall be said at last?

          Hooks have been baited[66] with morsels of the past.

          Wantonness is weakness.

          As for the King,

          His hardened hatred shall have no end.

          You know truly, the King will never trust

          Twice, the man who has been his friend.   490

          Borrow use cautiously, employ

          Your services as long as you have to lend.

          You would wait for trap to snap

          Having served your turn, broken and crushed.

토마스	너는 누구냐64)? 나는 세 명이 올 것을 예상했다. 넷65) 일 줄은 몰랐다.
유혹자4	하나 더 맞는 것이 놀랄 일이 아니지. 내가 기대되었다면, 나는 이전에 이미 여기와 있었을 수도 있으니까. 나는 항상 기대를 앞지르는 자.
토마스	너는 누구냐?
유혹자4	당신이 나를 모르는 것은 내가 굳이 이름이 필요치 않아서이지. 그리고, 알다시피, 내가 여기 온 이유가 바로 그것일세. 당신은 나를 알지, 허나 내 얼굴을 본 적이 없어. 이전에 나를 만났던 시간이나 장소가 있었던 것은 아니니까.
토마스	무슨 말을 하려고 왔는지를 말하라.
유혹자4	마침내 말해질 걸세. 과거의 부스러기들이라는 미끼66)가 이미 꿰어져 있소. 방종이 취약점.

국왕으로 말하자면, 굳어진 증오는 끝을 모를 것이요.

당신은 잘 알지, 국왕은 자신의 친구로 지내온 인간을

두 번 신뢰하지는 않는다는 것을.　　　　　　　　490

힘을 빌려주어야 하는 한 보살펴주고, 빌어 온 득을 조심스럽게

사용하면서, 상대방이 부서질 때까지 혹사한 후에는 덫에 걸려

파멸되도록 할 뿐이지.

---

64) Who are you?: 네 유혹자들은 토마스 자신이 가지고 있는 네 가지 양상을 나타내준다고 불 수 있다. 토마스는 의지의 노력으로, 그의 내부 깊숙히의 참 자아(眞俄)에 대하여 진실 되지 않은 이것들을 버리게 된다. 넷째 유혹자는 토마스 뿐 아니라 관중에게도 놀라움이 되고 있다.

65) 'I expected three visitors, not four': 그리스도의 광야에서 세 유혹을 거쳤다(마태복음 4: 3-9 참조)

66) Hooks have been baited...: 각 유혹자는 차례로 앞에 나올 유혹자의 요지를 폐하려고 시도한다. 둘째 유혹자는 첫째 유혹자가 제시한 'deceitful shadows'를 조롱한다. 셋째 유혹자는 둘째 유혹자가 제안한 토마스와 국왕간의 새로 재개될 우정의 가능성을 조롱한다. 넷째 유혹자는 앞에 제안된 세 가지의 유혹을 모두 조롱한다.

As for barons, envy of lesser men

Is still more stubborn than king's anger.

Kings have public policy, barons private profit,

Jealousy raging possession of the fiend.

Barons are employable against each other;

Greater enemies must kings destroy. 500

THOMAS What is your counsel?

TEMPTER Fare forward[67] to the end. All other ways are closed to you Except the way already chosen. But what is pleasure, kingly rule, Or rule of men beneath a king, With craft in corners, stealthy stratagem, To general grasp of spiritual power?

Man oppressed by sin, since Adam fell -

You hold the keys of heaven and hell.

Power to bind and loose: bind, 510

Thomas, bind, King and bishop under your heel.

King, emperor, bishop, baron, king:

Uncertain mastery of melting armies, War, plague, and revolution, New conspiracies, broken pacts; To be master or servant within an hour, This is the course of temporal power. The Old King[68] shall know it, when at last breath, No sons, no empire, he bites broken teeth.

You hold the skein: wind, Thomas, wind 520

The thread of eternal life and death. You hold this power, hold it.

귀족들에 대해서 말하자면, 국왕보다 작은 이 자들의
시기심이란 국왕의 분노보다도 더욱 질긴 것이다. 공적인
정책을 취하는 자는 국왕, 사사로운 이익을 취하는 자는
지주들. 그들은 적의 소유를 탐하며 질투에 불타는 아귀들이다.
귀족이란 지칭되는 지주들은 서로에게 적대하도록 고용될 수
있다. 보다 큰 적들을 왕은 파괴해야만 한다.

토마스 그대의 요지는 무엇인가?

유혹자4 목적을 향해 앞으로[67] 나아가시오. 이미 택한 길을 제외하고는
모든 다른 길은 닫혀 있소.
교활한 구석과 음침한 계략으로 차 있는 국왕의 통치나, 왕의
밑에 있는 인간들의 통치가, 영혼의 세력 전부를 쥐는 것에
비하면 무슨 기쁨이 되리요?
아담이 타락한 후 인간은 죄에 억눌렸다.
당신에겐 천국과 지옥의 열쇠가 있다.
해방시키고 결박하는 힘이 있다. 토마스, 결박하라.   510
왕과 주교들을 그대 발아래로 묶어라. 왕과, 황제와, 주교와, 작위를
가진 귀족과, 소멸한 군대들의 불확실한 주권, 전쟁과, 역병과 혁명,
새로운 음모와 깨어진 당파들. 이는 한 시간 안에 주인이 되기도
하고 종이 되기도 하는 순간적인 세력이 거쳐 가는 경로다.
옛 왕[68]이 죽어갈 때에는 아들도, 왕국도, 영토도 없이, 부러진
이빨만 간다.
넌 실타래를 쥐고 있어. 감아. 토마스여.   520
영원한 삶과 죽음의 실을 감아. 당신이 이 권세를 쥔 자이니,
그걸 쥐게.

---

67) Fare forward, etc: 엘리옷이 정교하게 연구한 alliteration으로 되어진 대사.
68) The Old King: 헨리Ⅱ세의 아들 대관 후부터, 헨리Ⅱ세를 부르던 이름.

THOMAS   Supreme, in this land?

TEMPTER   Supreme, but for one[69]:

            THOMAS. That I do not understand.

TEMPTER   It is not for me to tell you how this may be so; I am

            only here, Thomas, to tell you what you know.

THOMAS   How long shall this be?

TEMPTER   Save what you know already, ask nothing of me. But

            think, Thomas, think of glory after death. When king is

            dead, there's another king,

            And one more king is another reign.   530

            King is forgotten, when another shall come:

            Saint and Martyr rule from the tomb.

            Think, Thomas, think of enemies dismayed, Creeping in

            penance, frightened of a shade;

            Think of pilgrims, standing in line

            Before the glittering jewelled shrine,

            From generation to generation

            Bending the knee in supplication,

            Think of the miracles, by God's grace,

            And think of your enemies, in another place.   540

THOMAS   I have thought of these things.

토마스	그것이 최고의 것인가? 이 땅에서?
유혹자4	최고지, 한 가지를 제외하고는[69].
토마스	그것은 내가 알지 못하는 어떤 것이다.
유혹자4	그것이 어떠한 것인지를 가르쳐주는 것은 내 소관이 아니다.

유혹자4: 토마스! 난 단지 네가 알고 있는 것을 너에게 말해주려고 여기에 있을 뿐이다.

토마스: 이 싸움은 언제까지 갈 것인가?

유혹자4: 이미 알고 있는 것 이외에는 나에게 묻지 마라. 하지만 생각해봐, 토마스, 죽음 이후에 올 영광을 말이다.

한 왕이 죽으면, 새로운 왕이 등장한다.　　　　　530

또 다른 왕이 나오면, 다른 통치가 시작된다.

새 왕이 오면 옛 왕은 잊혀 지는 법.

하지만, 성자와 순교자의 통치는 무덤에서 시작된다.

토마스, 생각해봐, 참회하면서 기어 다니며 그림자에 놀라는 당황한 적들의 모습을.

보석을 두른 번쩍이는 성당 앞에 줄지어 서서 영세토록 무릎 꿇고 간청하는 순례자들의 모습을!

그리고 하느님의 은총을 입은 기적을 생각해봐. 동시에, 다른 곳에 있는 너의 적들도.　　　　　540

토마스: 이런 것들을 이미 생각해 보았다.

---

69) Supreme, but for one: The Evil One. 광야에서의 그리스도의 마지막 유혹 참조 마태복음 4:8-9: '악마가 또 그를 데리고 지극히 높은 山으로 가서 천하만국과 그 영광을 보여 가로되 만일 내게 엎드려 경배하면 이 모든 것을 네게 주리라' 토마스는 넷째 유혹자의 이 말뜻을 이해하지 못하고(관중은 알지라도) 이 유혹자는 결코 설명해주지 않는다. 설명해줌으로써 토마스에게 이 유혹을 이기는 그리스도의 본보기를 상기시켜 주게 되기 때문.

TEMPTER   That is' why I tell you.

Your thoughts have more power than kings to compel you.

You have also thought, sometimes at your prayers,

Sometimes hesitating at the angles of stairs[70],

And between sleep and waking, early in the morning,

When the bird cries, have thought of further scorning.

That nothing lasts, but the wheel turns,

The nest is rifled, and the bird mourns;

That the shrine shall be pillaged[71], and the gold spent,

유혹자　　　그래서 내가 말하는 거야. 너의 생각은 너를 지배하는 왕들보다
　　　　　더욱 강력한 힘을 가지고 있어. 넌 생각했어, 때로는 기도
　　　　　시간에, 때로는 머뭇거리며 꺾어지는 계단70) 모퉁이에서.
　　　　　그리고 새가 우는 이른 아침, 잠과 의식 사이에서. 더욱
　　　　　고차적인 경멸을 느낀 일이 있을 거야. 영속하는 것이란
　　　　　아무것도 없고, 수레바퀴는 돌고, 새둥우리는 강탈되어 새가
　　　　　애도할 것이며, 사원은 약탈71)될 것이고, 황금은 탕진되고,

---

70) At the angles of strairs: 엘리옷에 있어서 미결정(주저함)을 나타낼 때 잘 쓰이는
image. *Ash Wednesday* Ⅲ 참조.

71) The shrine shall be pillaged: 이 대사를 통해 엘리옷은 극과 관중과의 관계상의 문제를
해결하고 있다. 종교개혁 이후에 속하는 20세기의 관중은, 진보에 대한 강한 신념과
미신에 대한 굳은 매력을 가진 채, 켄터베리 페스티발에서조차 이 극 내부 깊숙히 깃
들인 'sanctity'라는 주제의 영역에서 벗어나서 안전하고 안이하게 느끼며, 이극 전체의
상연 후에 토론하기에 분명히 흥미로운 문화적인 가치를 지닌, 일종의 한 벌의 시적
환상의 옷(fair-dress)으로서 간주하기가 쉽다. 그러나 엘리옷이 관중에게서 원하는 바는
'sanctity'의 절박성과 그들 자신과의 관계를 느끼는 것이며(종교개혁으로 신교가 영국
에서의 성자예배의식(cult)을 종말 지었을 때 종교개혁과 세련된 역사해석의 이름으로
그들이 주장할 수 있다고 여길 수 있는) 탁월한 지식에 대한 그들의 믿음을 축소하는
것이다. 고로 엘리옷은 토마스로 하여금 넷째 유혹자의 입을 통해 앞으로 영국의 모든
성소들이(과거에 그랬듯) 약탈될 때가 올 것이고, 성토마스는 소수의 역사전문가들에게
서나 심리학적인 설명을 붙여 취급될 그런 인물로 축소되어 버릴 때가 오리라는 것을
시사해 보여주게 한다. 이렇게 극의 지평을 관중의 생각과 함께 놓음으로써 그 모든
것이 수 백 년 전에 일어났었던 일이고 오늘날 우리는 더 잘 알고 있다는 사실을 통해
관중이 기대고 있는 것을 축소시킨다. 조롱하는 유혹자의 말은, 마치 대답할 수 없는
것인 양 예기치 않게 그들 자신의 생각을 표현해주는 것임을 관중은 발견하게 된다.
그러나 토마스는 이에 대한 대답을 발견하게 된다. 넷째 유혹자에게 토마스는 탈취되
어질 그런 영광은 어떤 것도 없을 때를 예언한다. 그는 토마스에게 치명적인 두 유혹
을 제시한다. 첫째는 순교와 sanctity를 그의 개인적 영광을 위한 도구로서 사용하는 불
경죄이고, 둘째는 어떤 신앙도 패망할 때가 오리라는 예언을 통해 그이 신앙을 침식하
려는 것이다. 이것은 절망에 대한 유혹으로서, 중세가 "wanhope"라고 부르던 것이다.
중세가 대죄로 여긴 태만이나 냉담과 분파에 속하는 것으로 본 이것은, 토마스의 질문
Is there no enduring crown to be won?에서 느껴진다. 그가 이러한 유혹들을 이긴 것
은 600-65행 사이의 침묵에서 극적으로 표현되어 있다. '신비란 없었노라고 인간들이
주장할 때가 올 것이다'(559행)라는 예언과 함께 어떤 현대의 사상도 '순교는 언제나
신의 계획'(막간65행)이라는 엘리옷의 공리를 받아들이기 어렵다. 사가들은 그들의 기술을

The jewels gone for light ladies' ornament,   550

The sanctuary broken, and its stores

Swept into the laps of parasites and whores.

When miracles cease, and the faithful desert you.

And men shall only do their best to forget you.

And later is worse, when men will not hate you

Enough to defame or to execrate you,

But pondering the qualities that you lacked Will only try

to find the historical fact.

When men shall declare that there was no mystery

About this man who played a certain part in history.   560

THOMAS   But what is there to do? what is left to be done? Is there

no enduring crown to be won?

TEMPTER   Yes, Thomas, yes; you have thought of that too.

What can compare with glory of Saints

Dwelling forever in presence of God?

What earthly glory, of king or emperor,

What earthly pride, that is not poverty

Compared with richness of heavenly grandeur?

Seek the way of martyrdom, make yourself the lowest

On earth, to be high in heaven.   570

And see far off below you,

where the gulf is fixed,

Your persecutors, in timeless torment,

Parched passion, beyond expiation.

보석은 경박한 여인들의 장신구로 팔릴 것이고,

성전은 부서지고, 그 소유는

기생충 같은 인간들과, 보들의 가랑이로 굴러 들어간다는 것을. 550
기적이 멈추면, 이제까지 충성했던 인간들은 너를 떠날 것이고,
그들은 갖은 애를 써서, 너를 잊으려고 할 것이다. 더 시간이
갈수록 더욱 나빠질 것이고, 이때에 인간들은 너를 증오하며,
너의 이름을 더럽히거나 저주하지는 않더라도 네가 결핍했던
점을 깊이 생각하면서, 그 역사적인 사실을 발견하려고 애쓰며,
그 때 사람들은, 역사에서 어떤 자리를 차지했던 이 인간은
결국 어떤 신비를 가진 자는 아니더라고 선포하리라는
것을 생각해 보았지?   560

토마스   그런데 할 일은 무엇이란 말인가? 무슨 일이 남아 있는가?
영원한 왕관은 없단 말인가?

유혹자4   있다! 토마스, 있어! 일찍이, 넌 그것도 생각해 보았다. 하느님의
존재 안에 영원히 거하는 성자의 영광에 비할 것이 어디에
있겠는가? 어떤 지상의 왕궁이나 자만도, 왕과 황제의 영광도,
하늘의 영광에 비하면 보잘 것 없는 것이 아닌가? 순교의 길을
추구해! 하늘에서 높게 되기 위해서,
자신을 지상에서 가장 낮은 자로 만들어!   570
그리고 저 멀리 발아래를 내려다 봐. 심연이 가로 놓여있고, 너의
박해자들은 정열이 고갈된 채, 영원한 고통 속에서 속죄할 길을
잊은 채, 바싹 타들어 가고 있는 모습을.

가능한 과학에 접근시키기를 원하고 다른 과학자들처럼 현세의 증명법칙에 따르기 때문이
다. 역사가들이 사건의 진행에 있어서의 설명할 수 없는 신의 개입을 인정한다면 역사는 과
학적이기를 멈추게 될 것이고 그리하여 그의 독자적인 원칙-자연 증명의 법칙으로 낙착되는
-을 포기하게 될 것이다. 시인은 그러나 역사가들이 이런 식으로 그들 자신에게 부과하는
제한성을 받아들일 어떤 의무도 갖지 않는다. 시인은 단지 법정에서 증명될 수 있는 것이
아니라 그의 눈을 통해 보여 질 수 있는 바를 보여주는 데에 주력한다. 엘리옷은 정치적이
고 물질적인 것이 지배적인 세계에서 그가 본 sanctity의 본질과 필요성에 대한 그의 비전

THOMAS   No!

Who are you, tempting with my own desires?

Others have come, temporal tempters,

With pleasure and power at palpable price.

What do you offer? what do you ask?

TEMPTER   I offer what you desire. I ask

What you have to give. Is it too much

For such a vision of eternal grandeur?   580

THOMAS   Others offered real goods, worthless

But real. You only offer Dreams to damnation.

TEMPTER   You have often dreamt them.

THOMAS   Is there no way, in my soul's sickness,

Does not lead to damnation in pride?

I well know that these temptations Mean present vanity

and future torment.

Can sinful pride be driven out

Only by more sinful? Can I neither act nor suffer

Without perdition[72]?   590

을 보여주고 있다. 토마스 베켙의 생애에서 엘리웃은 역사적 사실과 변형시킴 없이 이것을 주장할 수 있는 적합한 본보기를 발견했다. 모든 시인은 시인과(vates) 장인의(artfex) 혼합물이 되는 경향이 있으며, 그의 위대성은 솜씨(skill)보다는 비전에 자리한다.

| 토마스 | 안된다! 내 구미를 돋우며, 나를 유혹하고 있는 너는 대체 누구냐? 다른 자들은 왔으나, 일시적인 유혹자들이었고, 분명한 값을 매긴 쾌락과 권력을 가지고 왔다. 너는 무엇을 내 놓겠다는 거냐? 너의 요구는 무엇인가? |

토마스 안된다! 내 구미를 돋우며, 나를 유혹하고 있는 너는 대체 누구냐? 다른 자들은 왔으나, 일시적인 유혹자들이었고, 분명한 값을 매긴 쾌락과 권력을 가지고 왔다. 너는 무엇을 내 놓겠다는 거냐? 너의 요구는 무엇인가?

유혹자4 나는 바로 네가 원하는 것을 주려고 한다. 그 뿐 아니라 네가 주어야 할 것을 요구한다. 영원한 영광을 보는 것에 비해, 그것이 너무나 비싸다고 할 수는 없겠지?

토마스 다른 자들은 실제적인 품목을 내놓았다. 가치는 없다고 해도, 구체적인 것을. 너는 다만 파멸로 이끄는 꿈만 내놓고 있다.

유혹자4 네 자신이 이미 그런 꿈을 꾸었다.

토마스 내 영혼이 병들어 자만에 찬 파멸로 인도하지 않는 길이란 없단 말인가?

나는 이 유혹들이 현재의 허영과 미래의 고통을 뜻함을 잘 알고 있다. 죄스러운 자만심이란, 오직 더 한 죄를 지음으로써만, 제거될 수 있단 말인가? 나는 지옥행을 감행하지 않고서는, 행동할 수도, 고통할 수 도 없단 말인가72)?   590

---

72) Can I neither act nor suffer without perdition?: 넷째 유혹자는 토마스를 궁지로 몰아 넣고 있다. 만일 그가 대신 순교를 택함으로써 둘째, 셋째 유혹자들이 제공하는 권세에 대한 유혹들을 물리친다면, 그는 하늘에서 높아지려는 보다 더 큰 죄를 범하는 것이다. 하늘에서 가장 높아지기를 원하는 소망은 루시퍼의 소망이기도 했다. 토마스는 덫에 걸린 듯, 60~70행이 지나가는 동안 어려움을 숙고하며 자신의 역설들을 직면한다. 수레 바퀴의 고요(stillness) (599행)는 저 집의 불안과 병행된다(600행). 네 유혹자들은 결국 모든 것은 허영이고 환상이라고 주장하며, 이제 하나가 되어 제 5의 유혹-절망에의 유혹-을 제시한다. 사제들은 비겁한 청원을 곁들인다. 코러스측은 이해의 무능과 이름 할 수 없는 공포를 보여준다. 유혹자들, 사제들, 코러스는 하나가 되어 토마스에게 "비겁한" 결단을 강요해 온다. 그러나 그는 돌연히 저 끝으로부터 길을 본다. 그가 인간적인 차원에서 오만의 죄로 정리되지 않고서는 행위 할 수도 고통 할 수도 없다면 그는 그의 의지를 신의 의지 앞에 포기할 수 있다. "신의 뜻 속에 우리의 평화가 자리한다"(단테의 *Paradiso, Canto* III, 85행 참조). 누가복음 23:46 참조: "예수께서 큰소리로 불러 가라사대 아버지여 내 영혼을 아버지 손에 부탁하나이다…"

TEMPTER   You know[73] and do not know, what it is to act or suffer.

You know and do not know, that action is suffering,
And suffering action. Neither does the agent suffer
Nor the patient act. But both are fixed
In an eternal action, an eternal patience
To which all must consent that it may be willed
And which all must suffer that they may will it,
That the pattern may subsist, that the wheel may turn
and still Be forever still.

CHORUS   There is no rest in the house. There is no rest in the
street.   600
I hear restless movement of feet. And the air is heavy
and thick.
Thick and heavy the sky. And the earth presses up
against our feet.
What is the sickly smell, the vapour? the dark green
light from a cloud on a withered tree? The earth is
heaving to parturition of issue of hell. What is the sticky
dew that forms on the back of my hand?

THE FOUR TEMPTERS Man's life is a cheat and a disappointment;

All things are unreal, Unreal or disappointing:
The Catherine wheel,

유혹자4　너는 알면서도[73], 또한 알지 못한다. 행동하거나 고통하는

것이 무엇인가를. 너는 알면서도, 또한 알지 못한다.

행동은 고통이요, 고통은 행동인 것을. 행위자는 고통하지

않고, 또한 고통하는 자는 행동하지 않는다는 것을.

그러나 양자는 영원한 행동, 영원한 인내 속에 놓여져,

결합할 것이다. 원형이란, 존속될 수 있는 것.

수레바퀴는, 돌면서, 정지하고, 영원히 정지할 수 있다는

것을 누구나 체험해야 할 것이다.

코러스　이 집안에 안식도 이 거리에 평안도 없구나.　　　　600

불안의 바람소리만 들려오고 공기는 무겁고 탁하고 하늘은

탁하고 무겁구나.

땅은 우리의 발을 미쳐 올리며 항거하고 있구나.

이 병든 냄새와 열기는 무엇 때문일까?

말라버린 나무 위에 드리운 구름으로부터 나오는

어두운 초록빛은 무엇일까? 땅은 끓어 오르며, 지옥의

배설물을 토해내고 있구나.

내 손잔등에 매달리는 이 *끈끈한* 이슬방울은 무엇인가?

네 유혹자　인간의 삶은 하나의 기만이요 실망, 모든 것이 헛되도다.

그것은 헛되고 허무한 것. 돌아가는 불꽃놀이,

---

73) You know, etc: 토마스 자신의 말들로서 유혹들이 내부에서 옴을 보여준다.

the pantomime cat[74];

The prizes given at the children's party,

The prize awarded for the English Essay,

The scholar's degree, the statesman's decoration.　　610

All things become less real, man passes

From unreality to unreality.

This man is obstinate, blind, intent On self-destruction,

Passing from deception to deception,

From grandeur to grandeur to final illusion,

Lost in the wonder of his own greatness,

The enemy of society, enemy of himself.

THE THREE PRIESTS O Thomas my Lord do not fight the intractable tide,

Do not sail the irresistible wind; in the storm,　　620

Should we not wait for the sea to subside, in the night

Abide the coming of day,

when the traveller may find his way,

The sailor lay course by the sun?

재주피우는 고양이74), 어린이 축제의 상품, 글짓기 대회의
상상품, 학자의 학위, 정치가의 치장,   610
이 모든 것은 갈수록 비실제적인 것으로 되어가고,
인간은, 허구로부터 출발하여, 허구를 향하여 걸어가는
구나. 인간은 고집스럽고 눈이 먼 채,
맹목적인 자기 파괴를 꿈꾸며, 기만에서 기만으로,
위세에서 위세로 나아가면서, 최후의 허상을 좇는구나.
자신의 위대성의 경이에 도취되어, 자기를 상실하는 사회의
적, 자신의 적이여!

세 사제들 오 토마스 대주교님! 막아낼 수 없는 조류와 싸우지 마십시오. 620
저항할 수 없는 역풍에, 돛을 올리지 마십시오. 밤 속에 동터
오른 새벽이 기다리고 있듯이, 돛을 올리지 마십시오. 우리는
폭풍 속에, 바다가 잠잠해지기를 기다려야 합니다. 이때에,
방랑자는 길을 찾을 수 있고, 항해자는 태양의 안내를 받을
수 있지 않습니까?

---

74) The Catherine wheel, the pantomime cat, etc: 여기에서 네 유혹자들은 관중을 위해
12세기에서 나와 20세기로 옮겨간다. (나중 그들이 네 기사의 형태를 취하고 그들의
관중에게 냉소적인 정치적 변명을 할 때도 그렇듯) 그들은 보다 덜 영광스러운 것으로
판명되는 하찮은 것들의 심상(image)을 써서 관중에게 충격을 주어 그들 앞에 놓여진
상황에 대해 보다 더 예리하게 인식하고 친숙함을 느끼도록 의도한다. 그들은 여기에
서 상이란 도무지 탈 가치가 없는 것이고, 순교의 희망이란 판토마임에서의 고양이- 그
것은 전혀 고양이가 아닌 또 하나의 기만일 뿐인바- 에 대한 갈망에 불과하다는 실의
적인 관점을 주창하고 있다. 이것은 549행이 보여주는 "wanhope"에 대한 유혹이기도
하다. 이것은 토마스뿐 아니라 관중에게 제시되어 그들이 유혹자의 관점을 채택할 때
토마스를 현실에서 벗어난, 유치한 환상의 희생자로 경멸하도록 한다. 그리하여 관중은
'reality'란 과연 무엇인가 하는 물음으로 돌아오게 된다. 이것은 스위니(Sweeney)를 번
민케 했고, 프루프록(Prufrock)을 압도하던 물음이기도 하다. 과연 무엇이 더욱 'real'한
가? 권력의 자만 같은 물질적인 것인가, 자기희생적인 사랑이나 순화된 의지 같은 정
신적인 것인가?

CHORUS, PRIESTS and TEMPTERS alternately.

C.   Is it the owl that calls[75], or a signal between the trees?

P.   Is the window-bar made fast, is the door under lock and
      bolt?

T.   Is it rain that taps at the window, is it wind that pokes
      at the door?

C.   Does the torch flame in the hall, the candle in the
      room?

P.   Does the watchman walk by the wall?

T.   Does the mastiff prowl by the gate?

C.   Death has a hundred hands and walks by a thousand
      ways.   630

P.   He may come in the sight of all, he may pass unseen
      unheard.

T.   Come whispering through the ear, or a sudden shock on
      the skull.

C.   A man may walk with a lamp at night, and yet be
      drowned in a ditch.

P.   A man may climb the stair in the day, and slip on a
      broken step.

T.   A man may sit at meat, and feel the cold in his groin.

코러스, 사제들, 유혹자들 번갈아 가며

코러스 저 소리는 올빼미가 부르는 소리인가75)? 나무들 사이의
     신호인가?

사제들 방문의 빗장은 단단히 걸었는가? 문에 자물쇠를 걸고
     빗장을 질렀는가?

유혹자들 창문을 두드리는 것은 빗줄기인가? 문에 부딪치는 것은
     바람인가?

코러스 야경꾼은 성벽을 순회하고 있는가?

유혹자들 사나운 개는 대문간을 지키고 있는가?

코러스 죽음은 백의 손과 천의 걸음을 가진 것.

사제들 죽음은, 모든 사람이 지켜보는 데서 올 수도,
     보이지도 들키지도 않고 지나갈 수도 있는 것.   630

유혹자들 속삭임 같이 오기도 하고, 돌연한 공격처럼 다가서기도
     하는 것.

코러스 밤길에, 불을 밝혀 걷다가도, 도랑에 빠질 수 있는 법.

사제들 대낮에, 층계에 올라가다가도, 부서진 계단에서 미끄러질
     수도 있는 법.

유혹자들 고기 덩어리를 타고 앉아도, 사타구니가 시릴 수 있는 법.

---

75) Is it the owl that calls: the owl that calls는 임박한 운명(doom)을 예고. 대사자가 번
   갈아 나오는 이 구절은 희랍비극의 수법을 모방하며 스티코미티아(stichomythia: 간단한
   한 행의 문장들로 이어지는)를 사용하고 있다.

CHORUS We have not been happy, my Lord, we have not be en
too happy. We are not ignorant women, we know what
we must expect and not expect.
We know of oppression and torture[76];
We know of extortion and violence,
Destitution, disease,   640
The old without fire in winter,
The child without milk in summer,
Our labour taken away from us,
Our sins made heavier upon us.
We have seen the young man mutilated,
The tom girl trembling by the mill-stream. And
meanwhile we have gone on living, Living and partly
living, Picking together the pieces,
Gathering faggots at nightfall,   650
Building a partial shelter, For sleeping, and eating and
drinking and laughter. God gave us always some reason,
some hope; but now a new terror has soiled us, which
none can avert, none can avoid, flowing under our feet
and over the sky; Under doors and down chimneys,
flowing in at the ear and the mouth and the eye. God
is leaving us, God is leaving us, more pang, more pain
than birth or death. Sweet and cloying through the dark
air Falls the stifling scent of despair;

코러스   우린 행복하지 못했습니다, 대주교님, 우린 별로 행복하지
         못했습니다.
         우린 무지한 여인들이 아닙니다, 우리는 기대해야 할 것과
         기대하지 않아야 할 것을 압니다.
         우린 고문76)과 박해를 체험했고, 궁핍과 질병을 경험했습니다.
         불 없는 겨울의 노파, 우유 없는 여름의 아이, 강탈된 우리의
         노동, 더욱 무겁게 우리를 짓누르는 우리의 죄의식.
         우리는 젊은 남자가 거세되는 것을. 능욕당한 소녀가
         물방아간에서 떨고 있는 것을 보아왔습니다.
         우리는 그렇게 살아왔습니다. 살아왔습니다, 부서진 삶을
         살아왔습니다.
         밤에 쓸 땔감 조각들을 주워 모으며,   650
         자고, 먹고 마시고 웃을 한 조각 쉼터를 짓고서.
         신은 언제나 우리에게 조그만 이성과 조그만 소망을
         주셨습니다.
         그러나 이제 새로운 공포가 우리를 휘감고 있습니다.
         아무도 피할 수 없는 이 공포가 문 밑으로 굴뚝으로 귀와
         눈과 입으로 흘러듭니다.
         신이 우리를 떠나가고 있습니다. 신이 우리를 떠나가고
         있습니다. 삶과 죽음보다도 더욱 격심한 이 고통! 어두운
         공기 사이로 숨 막힐 것 같은 절망의 냄새가

---

76) **We know of oppression and torture**: 헨리 II 세 전왕인 **Stephen**왕 당대에 지주계급들인
barons들은 **brigand** 호족들과 같은 무법의 산도적 노릇을 자행했다. 그들의 성에 있는
토굴에 많은 자들을 감금하고 그들이 돈을 숨겨놓은 비밀의 장소를 실토하도록 무척
심한 고문을 가했다(Peterborough Chronicle 참조).

The forms take shape in the dark air: Puss-purr of
leopard[77], footfall of padding bear,
Palm-pat of nodding ape, square hyaena waiting   660
For laughter, laughter, laughter. The Lords of Hell are
here.
They curl round you, lie at your feet, swing and wing
through the dark air.
O Thomas Archbishop, save us. save us, save yourself
that we may be saved;
Destroy yourself and we are destroyed.

THOMAS   Now is my way clear, now is the meaning plain:
Temptation shall not come in this kind again.
The last temptation is the greatest treason:
To do the right deed for the wrong reason.
The natural vigour in the venial sin[78]
Is the way in which our lives begin.   670
Thirty years ago[79], I searched all the ways
That lead to pleasure, advancement and praise.

무르익어 떨어집니다. 어두운 대기 속에서 잡혀가는 형태들.

표범77) 고양이, 곰 발자국, 고개 짓을 하는 원숭이의

손바닥, 웅크린 하이아나의 웃음, 웃음, 웃음. 지옥의

주인들이 여기에 있습니다. 저들이 당신을 휘감고 있습니다.

당신의 발치에 웅크리고서, 어두운 대기사이를 구르고

나르며. 오 토마스 대주교여, 우리를 구해 주십시오.

우리의 구원을 위해 당신을 구원하십시오.

당신의 파멸은 우리의 파멸입니다.

토마스   이제 내 길은 분명하다. 이제 의미는 명백하다. 이런 종류의

의혹이 다시는 찾아오지 않게 하겠다. 마지막 유혹이 가장 무서운

반역. 그릇된 이유를 위해 택하는 올바른 행위.

사면될 수 있는 죄78) 속에 깃들인 자연스러운 활력이

우리의 삶이 시작되는 방식.   670

30년 전79)에 나는 이미 쾌락과, 출세와 칭송으로 인도되는

---

77) Puss-purr of leopard, etc: 전체적인 공포를 자아내는 심상들로서 파국(종말)의 순간을 보여준다. 부자연스러운("unnatural") 감을 주기 위해 자연(nature)을 사용하고 있다.

78) venial sin: 용서받을 수 있는 가벼운 죄. 치명적이 아닌 죄. 참회나 고해성사를 하지 않은 채 치명적인 죄로 죽은 죄는 파멸(damnation)을 야기한다고 보아졌는데, 치명적인 대죄를 열거하면 오만, 질투, 분노, 욕정, 탐식, 허욕, 태만이다.

79) Thirty years ago, etc: 토마스는 이전의 생을 돌아보면서 'sin grows with doing good' (682)의 깊은 진리를 인식한다. 죄를 물리침에 있어, 신을 잊고 죄를 물리치지 못한 자들에 대한 경멸과 함께 죄를 물리쳤다는 자만을 범하면서도, 여전히 사회에 대해서는 유용(692행)할 수 있다. 이러한 제한된 자연인의 객관적 목표를 추구하는 삶은 충분히 타당성이 있으나 프루프록(Prufrock)이 던지는 저 '압도하는 질문'(overwhelming question)을 무시하는 것이다. 토마스는 순교가 그 앞에 있음을 보고 인내 있게 그것을 받아들임으로써, 신에 대한 성자의 굴복을 이해할 수 없는 자의 눈에는 "결실 없는 무의미한 자기학살", "미치광이의 행위(697行) 같이도 여겨지게 하고 있다(네 번째 기사의 '토마스 행위는 불건전한 행위에 의한 자살'이라는 지적, 2부 574행). 토마스는 "역사상 항상 가장 먼 원인으로부터 가장 낯선 결과를 끌어낸다(700行)'는 결론에 도달한다. 신은 악으로부터 선을 끌어낼 수 있다. 토마스의 살해는 악이나 그 결과는 좋을

Delight in sense, in learning and in thought,

Music and philosophy, curiosity,

The purple bullfinch in the lilac tree;

The tiltyard skill, the strategy of chess,

Love in the garden, singing to the instrument,

Were all things equally desirable.

Ambition comes when early force is spent

And when we find no longer all things possible.   680

Ambition comes behind and unobservable.

Sin grows with doing good. When I imposed the King's

law In England, and waged war with him against

Toulouse[80], I beat the barons at their own game.

I Could then despise the men who thought me most

contemptible, The raw nobility;

whose manners matched their finger-nails.

While I ate out of the King's dish

To become servant of God was never my wish.

Servant of God has chance of greater sin

And sorrow, than the man who serves a king.   690

것이다. 그러나 네 기사들의 죄-그들의 sacrilege(701)-는 벌 받지 않은 채 간과되지는
않을 것이다.: "You, and you/ And you, must all be punished. So must you." 유혹자들을

모든 길들을 찾았다. 감각, 학식, 사고의 기쁨 음악과 철학,

호기심 라이락 나무의 자주빛 카나리, 경사타기 기술, 장기

전략, 정원에서의 사랑, 악기반주에 따라 부르는 노래

이 모두가 꼭 같이 환호되는 것들이었지.

앞서의 힘이 쇠잔했을 때,

또한 더 이상 모든 것들이 가능하지 않음을 발견할 때

어떤 야심이 오는 법.   680

야심은 뒤에서 눈에 띄지 않고 오는 법.

죄는 선을 행하는 것과 더불어 자란다.

내가 영국에 국왕의 법을 부과하고, 툴루스(Toulouse)[80]에

대항하여 전쟁을 야기했을 때, 나는 지주귀족들로 하여금 그들

자신의 게임에서 패하게 했다.

그 때에 내가 가장 경멸할만하다고 생각했던 사람들을 나는

경멸할 수 있었다, 그 매너가 그들의 손톱을 닮은 투박한

귀족을. 내가 왕의 접시로 먹을 때 신의 종이 되는 것은 결코

나의 소원이 아니었다.

신의 종이 되는 것은 왕을 섬기는 자보다 더 큰 죄와 슬픔의

기회를 갖게 되는 것.   690

보다 더 큰 명분을 섬기는 자들을 위해 그 명분은 그들을

섬길 수 있다.

물리침으로서 토마스는 칼끝에 대하여(to the sword's end(705)) 그의 의지를 완전하게
했다. 토마스의 내부는 평화롭다. 이제 행위와 고통이 끝났다. 나중에 그는 이렇게 말
한다(2부 260-2行 참조). "죽음은 내가 그것을 치를만한 가치가 있을 때만 올 것이고,
또한 그럴만한 가치가 있는 나에게는 위험이 없다. 하여 나는 나의 의지를 완전케 할
것이다." "그가 성취한 이러한 마음의 평화는 '세상이 주는 그런 평화는 아니다.'(막간
설교:40行)"

80) Toulouse: 1159년 헨리 王이 프랑스 도시에 대한 왕비가 요구한 권익을 성취하고자
   도모할 때, 토마스는 대법관(chancellor)으로서 그를 지지하여 용감하게 싸웠다.

For those who serve the greater cause may make the
cause serve them,
Still doing right: and striving with political men
May make that cause political, not by what they do
But by what they are. I know
What yet remains to show you of my history
Will seem to most of you at best futility,
Senseless self-slaughter of a lunatic, Arrogant passion of
a fanatic.
I know that history at all times draws
The strangest consequence from remotest cause.   700

여전히 올바른 행위를 함으로써, 또한 정치적인 사람들과
투쟁함으로써 그 명분을 정치적으로 만들 수 있다.
그들이 하는 행위의 내용이 아니라 그들이 어떤 존재인가에
따라서.
내 남은 생애에서, 너희들에게 보여줄 것이 남아 있지만,
그것은 기껏해야 한갓 쓸모없는 것이다.
한 미치광이의 지각없는 자학이나
광신자의 오만한 정열로 밖에 보여 지지 않을 것이다.
나는 역사란 항상 가장 동떨어진 원인으로부터
가장 기묘한 결과를 끌어낸다는 것을 알고 있다.　　　　700
그러나 너희들은 모든 죄악과 신성모독과
범죄와 오류와 압박과 도끼날과 무관심과 착취로 인하여
벌을 받아야 하리라. 너도 또 너도
나는 더 이상 칼끝을 향하여, 행동하지도 고뇌하지도 않을
것이다. 하느님이 나의 수호자로 지명하신 선한 천사가, 지금
칼 끝 위로 떠돌고 있구나.

음악

Interlude

THE ARCHBISHOP

preaches in the Cathedral on Christmas Morning, 1170

'Glory to God in the highest[81], and on earth peace to men of good will.' *The fourteenth verse of the second chapter of the Gospel according to Saint Luke*. In the Name of the Father, and of the Son, and of the Holy Ghost. Amen.

Dear children of God, my sermon this Christmas morning will be a very short one. I wish only that you should meditate in your hearts the deep meaning and mystery of our masses of Christmas Day. For whenever Mass is said, we re-enact the Passion and Death of Our Lord; and on this Christmas Day we do this in celebration of His Birth. So that at the same moment we rejoice in His coming for the salvation of men, and offer again to God His Body and Blood in sacrifice, oblation and satisfaction for the sins of the whole world. It was in this same night that has just passed, that a multitude of the heavenly host appeared before the shepherds at Bethlehem, saying 'Glory to God in the highest, and on earth peace to men of good will'; at this same time of all the year that   10

막간

1170년 캔터베리 성당에서의 대주교의 설교

'지극히 높은81) 곳에서는 하느님께 영광이요, 땅위에서는 기뻐하심을 입은 사람에게 평화로다.' 누가복음 2장 14절. 성부와 성자와 성령의 이름으로 아멘.

사랑하는 하느님의 귀한 자녀들이여, 오늘 성탄 아침의 제 설교는 아주 간단한 것입니다. 여러분이 가슴속으로 성탄 예배의 깊은 의미와 신비를 새겨 보아야 될 줄 압니다. 왜냐하면 우리가 예배를 올릴 때에는 언제나 우리 주님의 수난과 죽음을 재연하기 때문입니다. 이 성탄일에 우리는 주님의 탄생을 축하함으로써 이를 실행합니다. 우리도 인간을 구원하시기 위해 주님이 오심을 기뻐하시는 동시에 그분의 몸과 피를, 온 세상의 죄에 대한 속죄의 제물과 희생으로서 하느님께 바치고 있습니다. 지난밤에 베들레헴의 목자들 앞에 천사의 무리가 나타나서 '지극히 높은 곳에서는 하느님께 영광이요, 10 이 땅에서는 기뻐하심을 입은 사람들 중에 평화로다'라고 말씀했습니다. 일 년 중 바로 이때에 우리는 우리 주님의 탄생과 함께 십자가상의 수난과 죽음을 동시에 축하합니다. 사랑하는 아들딸이여, 세상생각으로는 이것은 이상한 일 일 수 밖에 없습니다.

---

81) Glory to God in the highest: 1170년 성탄 밤에 베켙은 누가복음 2장 14절을 기초로 그의 마지막 설교를 했다(William Fitzstephen, 설명). 엘리옷의 생각대로 이 설교는 '신성'(sanctity)에 대해 그가 본 비전의 핵심이 되고 있다. 이를 전체적인 사건의 진행과 행위에 적용하면서 이 설교를 이해할 때 이 극에 대한 이해에 접근하게 된다고 볼 수 있다.

we celebrate at once the Birth of Our Lord and His Passion and Death upon the Cross. Beloved, as the World sees, this is to behave in a strange fashion. For who in the World will both mourn and rejoice at once and for the same reason? For cither joy will be overborne by mourning, or mourning will be cast out by joy; so it is only in these our Christian mysteries that we can rejoice and mourn at once for the same reason. Now think for a moment about the meaning of this word 'peace'. Does it seem strange to you that the angels should have announced Peace, when ceaselessly the world has been stricken with War and the fear of War? Does it seem to you that the angelic voices were mistaken, and that the promise was a disappointment and a cheat?   20

Reflect now, how Our Lord Himself spoke of Peace. He said to His disciples, 'Peace I leave with you, my peace I give unto you[82].' Did He mean peace as we think of it: the kingdom of England at peace with its neighbours, the barons at peace with the King, the householder counting over his peaceful gains, the swept hearth, his best wine for a friend at the table, his wife singing to the children? Those men His disciples knew no such things: they went forth to journey afar, to suffer by land and sea, to know torture, imprisonment, disappointment, to suffer death by martyrdom. What then did He mean? If you ask that, remember then that He said also, 'Not as the world gives; give I unto you.' So then, He gave to His disciples peace, but not peace as the world gives.   30

Consider also one thing of which you have probably never thought. Not only do we at the feast of Christmas celebrate at once Our Lord's Birth and His Death: but on the next day we celebrate the martyrdom of His

이 세상에서 누가 동시에 같은 이유로 슬퍼하는 동시에 기뻐하겠습니까? 대개는 기쁨이 슬픔에 압도되거나 슬픔이 기쁨으로 말미암아 사라집니다. 슬픔이 기쁨으로 말미암아 사라집니다. 그런데 우리가 같은 이유로 기뻐하는 동시에 슬퍼할 수 있는 것은 기독교적인 신비 속에서만 이해되는 것입니다. 이제 이 '평화'라는 단어의 뒤덮여 있을 때에 천사들이 평화를 선포한 것은 여러분에게 이상하게 생각되지 않습니까? 천사들의 말도 잘못되었고 약속은 헛된 것이며, 기만에 불과했던 것으로 생각될 지도 모릅니다.

이제 우리 주님 자신이 어떻게 평화에 관해 이야기 하셨는지에 관해 깊이 생각해 보시기 바랍니다. 주님은 제자들에게 '너희82)에게 나의 평화를 남긴다. 너희에게 나의 평화를 준다'라고 말씀하셨습니다. 주님이 말씀하신 평화의 뜻은 우리가 생각하는 것과 같은 것이었을까요? 즉 잉글랜드는 이웃 우방국가와 평화를 유지하고 귀족들도 왕과 화합하고 가장은 평화적인 방법으로 번 소득을 계산하고, 깨끗이 청소된 벽난로 곁에서 친구에게 고급술을 대접하며 식탁을 마주하는 일이나, 어린이들에게 노래를 불러주는 아내의 모습과 같은 그러한 평화일까요? 주님의 제자들은 결코 그러한 것들을 몰랐습니다. 그들은 바다와 육지 멀리로 떠돌아다니며, 고통당하면서 고문과 투옥과 낙담을 체험했고, 마침내는 순교의 죽음을 치렀습니다. 그러면 주님이 그때 의미하신 것은 무엇이겠습니까? 그것을 아시고자 한다면, '나는 세상이 주는 평화와 다른 평화를 너희에게 주노라'하신 주님의 말씀을 깨달아야 할 줄 압니다. 그와 같이 주님이 그때에 제자들에게 주신 평화는 세상이 주는 평화와는 다른 것이었습니다.   40

---

82) My peace I give unto you...; (line 32) Not as the world gives...: 요한복음 14:27 참조 "평안을 너희에게 끼치노니 곧 나의 평안을 너희에게 주노라. 내가 너희에게 주는 것은 세상이 주는 것 같지 아니하니라. 너희는 마음에 근심도 말고 두려워하지도 말라."

first martyr, the blessed Stephen. Is it an accident, do you think, that the day of the first martyr follows immediately the day of the Birth of Christ? By no means. Just as we rejoice and mourn at once, in the Birth and in the Passion of Our Lord; so also, in a smaller figure, we both rejoice and mourn in the death of martyrs. We mourn, for the sins of the world that has martyred them; we rejoice, that another soul is numbered among the Saints in Heaven, for the glory of God and for the salvation of men.   40

Beloved, we do not think of a martyr simply as a good Christian who has been killed because he is a Christian: for that would be solely to mourn. We do not think of him simply as a good Christian who has been elevated to the company of the Saints: for that would be simply to rejoice: and neither our mourning nor our rejoicing is as the world's is. A Christian martyrdom is never an accident, for Saints are not made by accident. Still less is a Christian martyrdom the effect of a man's will to become a Saint, as a man by willing and contriving may become a ruler of men. A martyrdom is always the design of God, for His love of men, to warn them and to lead the , to bring them back to His ways. It is never the design of man; for the true martyr is he who has   50 become the instrument of God, who has lost his will in the will of God[83]; and who no longer desires anything for himself, not even the glory of being a martyr. So thus as on earth the Church mourns and rejoices at once, in a fashion that the world cannot understand; so in Heaven the Saints are most high, having made themselves most low, and are seen, not as we see them, but in the light of the Godhead from which they draw their being.

여러분은 한 가지를 더 생각해 보시기를 바랍니다. 그것은 아마도 이전에는 한 번도 생각한 일이 없을 것입니다. 우리는 크리스마스 잔치에서 우리 주님의 탄생과 죽음을 축하할 뿐 아니라 다음날 우리는 그분의 첫 순교자인 저 축복받은 스테파노의 순교를 축하합니다. 여러분은 이 최초의 순교의 날이 그리스도의 탄생일 바로 다음에 오는 것이 우연이라고 생각하십니까? 결코 그것은 우연이 아닙니다. 우리가 주님의 탄생과 수난을 동시에 기뻐하고 슬퍼하는 것처럼 더 작은 인간인 순교자들의 죽음을 놓고 우리는 똑같이 기뻐하며 슬퍼하는 것입니다. 우리는 그들을 순교하게 한 세상의 죄로 인해 슬퍼합니다. 또한 우리는 하느님의 영광과 인류의 구원을 위해서 또 하나의 영혼이 천국의 성자들 가운데에 앉게 된 것을 기뻐하는 것입니다.

사랑하는 여러분, 우리는 순교자를 단순히 그가 기독교인인고로 죽임을 당한 한 모범적인 기독교인이라고 생각해서는 안 될 것입니다. 왜냐하면 그것은 우리가 전적으로 슬퍼만 하는 것이, 되기 때문이니까요. 우리는 그를 단순히 성자들의 자리로 추대된, 한 훌륭한 기독교인 이라고 생각하지 않습니다. 왜냐하면 그것은 우리가 단순히 기뻐하는 것만이 될 테니까요. 우리가 슬퍼하는 것도, 우리가 기뻐하는 것도, 세상이 그렇게 하는 것과는, 다른 방식으로 하는 것입니다. 기독교 순교는, 결코, 한 사건이 아닙니다. 성자들은, 우연히 생겨나는 것이 아닙니다. 한 인간은, 의지와 계획으로서, 인류의 통치자가 될 수도 있습니다. 그런데 기독교 순교란한 성자가 되고자 하는, 인간 의지의 결과로, 이루어지는 것은, 결코 아닙니다. 순교는, 언제나 하느님이, 인간을 사랑하는 고로 그들을 경고하고, 인도하고, 그들을 하느님의 길로 돌아오게 하려고 하시는 하느님의 계획입니다. 왜냐면, 참다운 순교자란, 하느님의 의지 속에서 자신의 의지를 포기하고, 더 이상 자신을 위해서 어떤 것도 열망하지 않는 자를 말하며, 또한 그는 순교자가 된다는 영광,

I have spoken to you to-day, dear children of God[83], of the martyrs of the past, asking you to remember especially our martyr of Canterbury, the blessed Archbishop Elphege; because it is fitting, on Christ's birth day, to remember what is that Peace which He brought; and because, dear children, I do not think   60

I shall ever preach to you again; and because it is possible that in a short time you may have yet another martyr[84], and that one perhaps not the last. I would have you keep in your hearts these words that I say, and think of them at another time. In the Name of the Father, and of the Son, and of the Holy Ghost. Amen.

그것 자체마저도 열망하지 않는 하느님[83])의 도구가 되는 자를 말하기   70
때문입니다. 그리하여 땅위에서 교회가 세상이 이해할 수 없는 방식으로 슬
퍼하는 동시에 기뻐하듯이, 성자들도 그들 자신을 가장 낮추었으므로, 천국
에서 가장 높여졌고, 우리가 그들을 보는 바와 같은 모습으로, 나타나지는
것이 아니라, 그들의 존재의 원천이 되는, 신성을 발하는 모습으로 나타나지
는 것입니다.

사랑하는 하느님의 자녀들이여, 나는 오늘 여러분께, 과거의 순교자들에
대해서 이야기 했습니다. 또한 나는 여러분들이 우리 켄터베리의 순교자인
저 축복받은 대주교 엘베지에 대한 것을, 특별히 기억해 주시기를 바라는 것
입니다. 그것은 그리스도의 탄생일에 그분이 가져오신 평화가 무엇인지를 기
억하는 일이 합당하기 때문이며, 또한 친애하는 자녀들이여, 저는 어쩌면   80
다시는 여러분에게 설교할 수 없게 될 것이기 때문입니다. 머지않아 여러분
은 또 하나의 순교자를 보게 되실 것입니다. 그것은 하나의 순교자[84])일 뿐,
마지막 순교자는 아닐 것입니다. 이 말을 가슴깊이 간직하시고, 어느 때에 그
말을 다시 생각해 주시기를 바랍니다. 성부와 성자와 성령의 이름으로 아멘.

---

83) Who has lost his will in the will of God: 단테 *Paradiso, Canto* III, 85行 참조: "또
   한 그의 뜻 속에 우리의 평화가 있다."
84) Archbishop Elphege...in a short time you may have yet another martyr: 11세기 초
   빈번했던 덴마크인들(Danes)의 켄트지방 침공당시 켄터베리가 약탈되던 당시(1011년)
   엘피지 대주교(A. D. 954-1012)는 켄터베리의 대주교였다. 1012년 4월 19일 보석금
   지불을 거절한 이유로 그리위치에서 무자비하게 살해되었다.

P_{arT} II⁸⁵⁾

CHORUS   Does the bird sing in the South? Only the sea-bird cries,
driven inland by the storm. What sign of the spring of the
year? Only the death of the old: not a stir, not a shoot,
not a breath. Do the days begin to lengthen? Longer and
darker the day, shorter and colder the night. Still and
stifling the air: but a wind is stored up in the East.
The starved crow sits in the field, attentive; and in the
wood The owl rehearses the hollow note of death.
What signs of a bitter spring?   10
The wind stored up in the East.
What, at the time of the birth of Our Lord, at Christmastide,
Is there not peace upon earth, goodwill among men?
The peace of this world is always uncertain, unless men
keep the peace of God.
And war among men defiles this world, but death in the
Lord renews it, And the world must be cleaned in the
winter, or we shall have only A sour spring,

2부[85]

| 코러스 | 새가 남쪽에서 우는가? 폭풍에 육지로 밀려온 바닷새 만이 울고 있구나. 봄철의 입김은 어디에 있는가. 어린 가지가 솟아나는 한 가닥 몸짓도 한 번의 동요도, 한 번의 숨소리도 없이, 오직 옛것들의 죽음뿐이구나! 날은 길어지기 시작하는가? 낮은 더 길어지며 더 어두워져 가고, 밤은 더 짧아지며 더 추워지는구나. 숨 막힐 것 같은 이 대기, 이 정적. 동편에 바람이 차있다. 굶주린 까마귀가 긴장한 채 앉아있고, 숲속에서는 올빼미가 죽음의 공허한 노래를 연습하는구나. 잔혹한 봄의 징조는 어디에 있는가. |

아 봄의 입김은 어디에 있는가, 동편에 바람이 차있다.

우리 주님이 나신 성탄절에 땅 위의 평화, 인간 가운데의 기쁨이
되지 않는 것이 무엇일까? 이 세상의 평화는 인간이 신의 평화를
따르지 않는 한 언제나 불투명한 법. 인간들 간의 전쟁은 세상을
더럽히나 주 안에서의 죽음은 세상을 새롭게 하리니, 세상은 겨울
사이에 정화되어야 하리라. 우리는 또다시 생명 없는 봄과,

---

85) Part Ⅱ: 2부는 원래가 28-63行으로 시작된다. 1936년에 나온 두 번째 판에서 여기에 수록된 2부를 시작하는 코러스부분이 들어갔다. 1937년의 세 번째 판에서 이 부분은 부록(Appendix)에 수록되었다. 세 사제들은 토마스가 살해되기 전, 즉 크리스마스 전 사흘간을 점하며 성 스테반, 성 요한, 무죄한 순교아기들(Holy Innocents)을 기린다. 하나씩 잇달아 동일한 대사형식을 취하며 입장하는 것은, 엘리옷이 F. M. Conford와 희랍극작가에서 얻은 착상으로서 제의적 느낌(sense of ritual)을 부여하고 있다.

a parched summer, an empty harvest. Between Christmas
and Easter what work shall be done? The ploughman
shall go out in March and turn the same earth He has
turned before, the bird shall sing the same song.   20
When the leaf is out on the tree, when the elder and may
Burst over the stream, and the air is clear and high,
And voices trill at windows, and children tumble in
front of the door,
What work shall have been done, what wrong
Shall the bird's song cover, the green tree cover, what
wrong
Shall the fresh earth cover? We wait, and the time is
short But waiting is long.

*Enter the FIRST PRIEST with a banner of St. Stephen borne before
him. The lines sung are in italics.*

FIRST PRIEST   Since Christmas a day: and the day of St. Stephen, First
Martyr. *Princes moreover did sit, and did witness falsely
against me*[86].
A day that was always most dear to the Archbishop
Thomas.   30
And he kneeled down and cried with a loud voice:
Lord, lay not this sin to their charge.
Princes moreover did sit.

메마른 여름과, 추수 없는 가을이 옴을 두려워한다.
성탄절과 부활절 사이에 무슨 일을 하여야 할까?
농부는 삼월이면 밭에 나가 이 전에 갈아엎던 꼭 같은 흙을   20
또다시 갈아엎을 것이고, 새는 같은 노래를 부를 것이다.
나무에서 잎이 돋아나고, 시내위로 먼저 피어오른 잎들이
터져가고, 하늘은 개이고 높아 갈 때, 사람들의 음성이 창
곁에서 구르며 퍼지고, 문 앞에서 아이들이 뒹굴 때, 어떤
일이 이루어져야 할 것인가, 어떤 잘못을 새의 노래가,
초록빛 나무가, 새 흙이 덮어주어야 할 것인가? 우리는
기다린다, 시간이 짧다. 그러나 기다림은 길다.

사제 1이 앞에 성 스테파노의 깃발을 걸고서 등장.

이태릭체로 된 부분은 노래부분

사제1   성탄 후 첫 날, 성 스테파노 첫 순교자의 축일입니다.
왕들은 거기 앉아 나[86]*에 대해 거짓 증언을 했네.*
언제나 토마스 대주교에게 가장 소중한 날입니다.   30
그는 꿇어 앉아 큰 소리로 부르짖었습니다.
주여, 이 죄를 그들에게 돌리지 마십시오.
왕들은 거기 앉아 있었네.

---

86) Princes moreover did sit, and did witness falsely against me: 네 기사들은 역사적으로
(Reginald Fitz-urse, William de Tracy, Hugh de Morville, Richard Breton로서) 왕보
다도 요크의 대주교에 의해서 토마스를 죽이도록 요청받았다. 시편 119 : 23 참조;
Princes also did sit and speak against me, "방백들도 앉아 나를 훼방하였사오나 주의
좋은 주의 율례를 묵상하였나이다." 마가복음 14:56 참조; For many bore false
witness against him. "이는 예수를 쳐서 거짓증거 하는 자가 많으나 그 증거가 서로
합하지 못함이다."

Introit[87] *of St. Stephen is heard*

Enter the SECOND PRIEST, *with a banner of St.John the Apostle borne before him.*

SECOND PRIEST Since St. Stephen a day: and the day of St. John the Apostle. *In the midst of the congregation he opened his mouth*[88]. That which was from the beginning; which we have heard, Which we have seen with our eyes, and our hands have handled Of the word of life; that which we have seen and heard Declare we unto you[89].
In the midst of the congregation.   40
Introit of St.John is heard

Enter the THIRD PRIEST, *with a banner of the Holy Innocents*[90] *borne before him.*

THIRD PRIEST Since St. John the Apostle a day: and the day of the Holy Innocents.

성 스테파노의 입례송[87]이 들려온다

사제 2가 앞에 성 요한사도의 깃발을 걸고서 등장

사제2　　성 스테파노의 축일이 지난 후 첫 날, 성 요한 사도의
　　　　축일입니다.

　　　　회중가운데에서 그는 입[88]을 열었네.

　　　　그것은 태초로부터 있었던 것으로서, 우리는 그것에 대해
　　　　들어왔습니다. 우리는 우리 눈으로 그것을 보아왔습니다.
　　　　우리의 손으로 생명의 말씀에 대해서 다루어 왔습니다,
　　　　우리가 보고 들었던 그것을 이제 여러분에게 요구합니다[89].

　　　　회중가운데에서.　　　　　　　　　　　　　　　　40

　　　　성 요한의 입례송이 들려온다

사제 3이, 앞에 무죄한 어린이 순교자들(Holy Innocents)[90]의 깃발을 걸고 등장

사제3　　성 요한 사도 축일 다음 날입니다. 거룩한 아기들의 축일입니다.

---

87) Introit: 미사를 시작하려고 사제들이 성당 안으로 행렬하여 들어오는 동안 노래되는, 그 날의 전례적인 의미를 대표하는 시편의 후렴구(Antiphona)를 뜻하는 전례용어이다. 5세기경에 로마의 대성전에서 교황이나 주교가 미사를 집전할 때 성당까지 긴 행렬을 했는데 이 행렬 동안 모든 신자들이 다함께 시편 하나를 외던 데서 유래한다. 『한국가톨릭대사전』(2002), 제9권, Cf. pp. 7213-14.

88) In the midst of the congregation he opened his mouth: 시편 22:22 참조 : In the midst of the congregation will I praise thee "내가 주의 이름을 형제에게 선포하고 회중에서 주를 찬송하리이다."

89) That which was from the beginning... declare we unto you: 요한복음 1:1 참조: "태초에 말씀이 계시니라. 이 말씀은 곧 하느님이시니라."

90) 메시아의 탄생을 저지하려는 헤롯왕의 포고에 따라서 예수 탄생당시 예수 때문에 학살당했던 남자 어린 아기들.

Out of the mouth of very babes[91], O God.

As the voice of many waters, of thunder, of harps,

They sung as it were a new song[92].

The blood of thy saints[93] have they shed like water,

And there was no man to bury them[94]: Avenge, O Lord,

The blood of thy saints[95], In Rama, a voice heard,

weeping[96].

Out of the mouth of very babes, O God!

THE PRIESTS stand together with the banners behind them

FIRST PRIEST   Since the Holy Innocents a day: the fourth day from

Christmas.

THE THREE PRIESTS. Rejoice we all, keeping holy day[97].   50

*어린 아기*91)*들이 부르는, 오, 주여.*

수많은 폭포와 천둥과, 하프들의 소리처럼 저들은 새 노래를 부르듯 노래92) 불렀습니다. 저들은 피를 물처럼 흘렸습니다93). 여러분의 성자들은. 저들을94) 매장하는 자가 없습니다. 오, 주여, 갚아 주소서. 주의 성자들95)의 피 값을. 라마에서 우는96) 소리가 들려왔습니다.

어린 아기들이 부르는, 오, 주여!

사제들이 앞에 깃발들을 들고 함께 선다.

사제1   거룩한 아기들의 축일 다음 날입니다. 성탄 후 제 4일입니다.

세 사제들   모두 기뻐하십시오, 성일97)을 지키는 자들이여.   50

---

91) Out of the mouth of very babes: 시편 8:2 참조 : "주의 대적을 인하여 어린아이와 젖먹이의 입으로 말미암아 권능을 세우심이여 이는 원수와 보응자로 잠잠케 하려 하심이나이다."

92) They sung as it were a new song: 시편 96:1 참조 : "새 노래로 여호와께 노래하라. 온 땅이여 여호와께 노래할지어다."

93) The blood of thy saints: 시편 79:2-3 참조 : "저희가 主의 종들의 시체를 공중의 새에게 밥으로 주며 성도들의 육체를 땅 짐승에게 주며 그들의 피를 예루살렘 사면에 물 같이 흘렸으며 그들을 매장하는 자가 없었나이다."

94) No man to bury them: 시편 79:3 참조 (앞의 45 행의 각주 참조).

95) Avenge, O Lord, The blood of they saints: 신명기 32:43 참조 : "너희 열방은 주의 백성과 즐거워하라. 주께서 그 종들의 피를 갚으사 그 대적에게 보수하시고 자기 땅과 백성을 위하여 속죄하시리로다."

96) In Rama, a voice heard, weeping: 마태복음 11:18 참조 : "요한이 와서 먹지도 않고 마시지도 아니하매 저희가 말하기를 귀신이 들렸다 하더니"

97) Rejoice we all, keeping holy day: 시편 42:4 참조 : "내가 전에 聖日을 지키는 무리와 동행하여 기쁨과 찬송의 소리를 발하며 저희를 하느님의 집으로 인도하였더니 이제 이 일을 기억하고 내 마음이 상하는 도다"

FIRST PRIEST   As for the people, so also for himself, he offereth for

sins.

He lays down his life for the sheep[98].

THE THREE PRIESTS *Rejoice we all, keeping holy day.*   50

FIRST PRIEST   To-day[99]?

SECOND PRIEST   To-day, what is to-day? For the day is half gone.

FIRST PRIEST   To-day, what is to-day? but another day, the dusk of the

year.

SECOND PRIEST   To-day, what is to-day? Another night, and another

dawn.

THIRD PRIEST   What day is the day that we know that we hope for or

fear for?

Every day is the day we should fear from or hope from.

One moment Weighs like another.

Only in retrospection, selection,

We say, that was the day. The critical moment   60

That is always now, and here. Even now, in sordid

particulars The eternal design may appear.

Enter the FOUR KNIGHTS. The banners disappear

사제1   그분은 사람들을 위하여, 또한 자신을 위하여, 죄 값으로
         자신을 바칩니다. 그분은 양98)을 위해서 목숨을 버립니다.

세 사제들   모두 기뻐하십시오, 성일을 지키는 자들이여.

사제1   오늘99)?

사제2   오늘, 오늘은 어떤 날입니까? 오늘은 반이 지나갔습니다.

사제1   오늘, 오늘은 어떤 날입니까? 그러나 또 다른 낮입니다. 한
         해의 황혼입니다.

사제2   오늘, 오늘은 어떤 날입니까? 또 다른 밤, 또 다른
         새벽입니다.

사제 3   우리가 맞이하기를 희망하면서 혹은 두려워하는 우리가 아는
         그날은 과연 어떤 날입니까? 매일은 우리가 두려워해야 하는
         동시에 기다리는 그 날입니다. 한 순간이 다른 순간과 같은
         무게를 지닙니다. 오직 돌이켜보며 간추려볼 때 만,
         우리는 말합니다, 그것이 바로 그 날이었다고. 저 중대한
         순간이란   60
         언제나 지금, 여기에 존재합니다. 지금이라도 지저분한
         항목들 가운데에서 영원한 계획이 드러날 수 있습니다.

네 기사들 등장. 깃발들이 사라진다.

---

98) He lays down his life for the sheep: 요한복음 10:14-15 참조 : "나는 선한 목자라 내
   가 내 양을 알고 양도 나를 아는 것이 아버지께서 나를 아시고 내가 아버지를 아는 것
   같으니 나는 양을 위하여 목숨을 버리노라."
99) To-day, what is to-day?: 우리가 '한 순간이 다른 순간과 꼭 같은 무게가 나가는(589
   행),' 겉으로 보기에는 피할 길 없는 시간의 주기로 몰아 넣어질지라도, 과거를 돌아볼
   때 우리는 위대한 순간을 포착 할 수 있고, 'that was the day'(60행)라고 말할 수 있
   다. 실상은 어떤 순간도 지금 여기에서 그러한 기적의 순간일 수 있다. 「현재」란 결단
   이 일어날 수 있는, 그리하여 '패턴'을 드러낼 수 있는 늘 현존(現存)하는(ever-present)
   순간이기 때문이다(1부 215행 참조)

FIRST KNIGHT	Servants of the King[100].
FIRST PRIEST	And known to us. You are welcome. Have you ridden far?
FIRST KNIGHT	Not far to-day, but matters urgent Have brought us from France. We rode hard, Took ship yesterday, landed last night, Having business with the Archbishop.
SECOND KNIGHT	Urgent business.
THIRD KNIGHT	From the King.
SECOND KNIGHT	By the King's order.
FIRST KNIGHT	Our men are outside.
FIRST PRIEST	You know the Archbishop's hospitality. We are about to go to dinner. The good Archbishop would be vexed If we did not offer you entertainment Before your business. Please dine with us[101]. Your men shall be looked after also. Dinner before business. Do you like roast pork?
FIRST KNIGHT	Business before dinner. We will roast your pork First, and dine upon it after.
SECOND KNIGHT	We must see the Archbishop.

70

80

기사1 우리는 국왕[100])의 신하입니다.

사제1 알고 있습니다. 어쨌든 잘 오셨습니다. 멀리서 오셨겠지요.

기사1 과히 먼 길은 아니었소. 우린 급한 용무가 있어, 프랑스에
       서 이리로 왔소. 급히 말을 달려왔소. 어제 배를 타 간밤에
       배에서 내렸오. 대주교님께 용무가 있어서.

기사2 급한 용건이요.

기사3 국왕님의 용건이요.

기사2 국왕의 명령으로 왔소   70

기사1 부하들은 밖에 대기시켰소

사제1 여러분은 친절하신 대주교님의 성품을, 알고 있으리라
       믿습니다. 우리는 저녁을 들러 가려던 참이었습니다. 저
       선량하신 대주교님께서는, 여러분이 용무를 보시기 전에
       우리가 여러분에게 아무것도 대접하지 않았다는 것을 아시면,
       화를 내실 것입니다. 부디 우리와 함께 저녁을 드시기를
       바랍니다[101]). 따라온 분들 또한 보살펴 드리겠습니다. 용무를
       보시기 전에 저녁부터 드시도록 하시지요. 구운 돼지고기를
       좋아하십니까?

기사1 식사 전에 우선 용무를 보아야겠어. 우리가 먼저 네 고기를
       요리해 주겠어. 나중에 그것이나 먹어.

기사2 우리는 대주교를 만나야 돼.   80

---

100) Servants of the King: (William Fitzstephen 기록참조) ″Our Lord the King has
     sent us.″

101) Please dine with us: (Edward Grim의 자료 참조) "왕의 종으로서 명예가 허락되었던
     유명한 저 기사들은 식사에 초대되어 있다….″ 돼지고기에 대한 첫째기사의 무례한
     대답(78-9)은 계획된 토마스 살해에 대한 농담이다. 그들은 먼저 그를 죽이고 다음에
     는 그 이야기로 저녁반찬을 삼을 예정이다,

THIRD KNIGHT   Go, tell the Archbishop We have no need of his hospitality.
We will find our own dinner.

FIRST PRIEST   [to attendant]. Go, tell His Lordship.

FOURTH KNIGHT   How much longer will you keep us waiting?
[Enter THOMAS]

THOMAS   [to PRIESTS]. However certain our expectation The
moment foreseen may be unexpected When it arrives. It
comes when we are Engrossed with matters of other
urgency[102]. On my table you will find The papers in
order, and the documents signed.

[*To* KNIGHTS] You are welcome, whatever your business may be.   90
You say, from the King?

FIRST KNIGHT   Most surely from the King. We must speak with you alone.

THOMAS   [to PRIESTS] Leave us then alone. Now what is the matter?

FIRST KNIGHT   This is the matter.

THE THREE KNIGHTS You are the Archbishop in revolt against the King;
in rebellion to the King and the law of the land;
You are the Archbishop who was made by the King;
whom he set in your place to carry out his command.
You are his servant, his tool, and his jack[103],
You wore his favours on your back,
You had your honours all from his hand; from him
you had the power, the seal and the ring.

기사3	대주교에게 가서 우리는 아무런 대접도, 필요 없다고 말해. 우리 저녁 걱정은 마.
사제1	가서, 대주교님께 알리지.
기사4	언제까지 기다리게 할 작정이야?

토마스 들어온다

토마스　(*사제들에게*) 틀림없이 오리라고 아무리 기대했던 것이라도 그것이 막상 도착할 때에는, 뜻밖의 일같이 생각되기도 하는 법이오 그 순간이란, 우리가 급한102) 다른 일들에 몰두해 있을 때, 찾아오는 것이요. 그대들은 나중에 내 책상 위를 보도록 하시오 서류는 정리해 놨고, 문서에는 서명을 해두었소 (*기사들에게*) 그대들의 용무가 무엇이든 간에, 오신 것을 환영하오.　　　　90

국왕에게서 왔다고 말씀하셨소?

기사1　네! 분명히 국왕에게서 왔소. 허지만 혼자 계시는 데서만 이야기 할 수 있습니다.

토마스　(*사제들에게*) 물러가 주시오. 자 무슨 일이시오?

기사1　바로 이렇소.

세 기사들　당신은 국왕에게 반역한 대주교요. 국왕과 나라의 법률에 반대한 자요. 당신은 국왕이 만들어준 대주교요, 국왕은 자신의 명령을 수행하라고 당신을 그 자리에 앉혔던 것이오. 일찍이 국왕의 종복이며 그분의 도구이고, 연장103)이오. 그분의 총애를 등에 업었소. 국왕의 손에서 모든 명예를 얻었소. 국왕에게 권력과 인장과 반지를 얻었소.

---

102) Matters of other urgency: 켄터베리의 주교 토마스의 부재(不在)동안 일어난 많은 문제들. 토마스는 이것에 주의를 기울이고 그의 죽음이전까지는 모든 것이 보여 질 수 있도록 서류들을 정돈하여(89)완성토록 했다.

103) his jack: 국왕이 가지구레한 시중을 드는 하인(odd-job man).

This is the man who was the tradesman's son: the backstairs brat who

was born in Cheapside[104];

This is the creature that crawled upon the King;

swollen with   100

blood and swollen with pride.

Creeping out of the London dirt,

Crawling up like a louse on your shirt,

The man who cheated, swindled, lied; broke his oath

and betrayed his King.

THOMAS   This is not true.

Both before and after I received the ring

I have been a loyal subject to the King.

Saving my order[105], I am at his command,

As his most faithful vassal in the land.

FIRST KNIGHT   Saving your order! let your order save you - As I do

not think it is like to do.   110

Saving your ambition is what you mean,

Saving your pride, envy and spleen.

SECOND KNIGHT   Saving your insolence and greed.

Won't you ask us to pray to God for you, in your need?

일찍이 이자는 한 장사꾼의 아들이었지. 칩싸이드[104]에서
태어나 뒷 층계로나 드나들던 자식이었소.

이자는 국왕의 몸 위로 기어 다니며, 피에 부풀고,   100
자존심으로 포만해졌던 기생충 같은 존재지.

런던의 먼지바닥에서 나와 당신들의 와이셔츠 위에 기어
올라오는 벌레 같은 인간이오.

사기치고, 허풍떨며, 거짓말을 했던 인간이오.

국왕과의 맹세를 깨뜨리고 국왕을 배신한 인간이오.

토마스   그 말은 진실이 아니다. 나는 반지를 받기 이전에도 이후에도
언제나 국왕의 충실한 신하였다.

내가 섬기는 저 질서[105]를 제외하고는, 국왕을 섬기는 이
나라에서 으뜸가는 충신임을 자처한다.

기사1   자네의 질서를 제외하고? 그것이 자네를 구해 보라고
해보시지. 쉽지는 않을걸.

자네 뜻은 자네의 야심을 살리겠다는 것이지.

그것은 자네의 교만과 질투이고, 심술을 억제했다는 것이
되겠군.

기사2   그것은 또한 그대의 오만과 탐욕을 억제했다는 것이 되겠지.
하느님께 너를 위해 기도해 달라고 우리에게 청할 생각은
없어?

---

104) Cheapside: 런던도시의 중심부. Newgate 와 Cornhill사이에 위치한 구역, A. D. 1118
년 토마스가 태어났다.

105) Saving my order: 베켙은 분쟁시초부터 주교로서의 그의 첫째 의무는 신에 대한 것이
고, 왕에 대한 의무는 반드시 차선으로 오는 것이라고 말하곤 했다. 여기에서 언급된
'order'란 Holy Order로서, 암살에서 그를 구출해 주지 않을 것이다.

THIRD KNIGHT   Yes, we'll pray for you[106]!

FIRST KNIGHT   Yes, we'll pray for you!

THE THREE KNIGHTS Yes, we'll pray that God may help you!

THOMAS   But, gentlemen, your business Which you said so urgent,

is it only Scolding and blaspheming?

FIRST KNIGHT   That was only Our indignation, as loyal subjects.   120

THOMAS   Loyal? to whom?

FIRST KNIGHT   To the King!

SECOND KNIGHT   The King!

THIRD KNIGHT   The King!

THE THREE KNIGHTS God bless him!

THOMAS   Then let your new coat of loyalty be worn Carefully, so

it get not soiled or torn. Have you something to say?

FIRST KNIGHT   By the King's command. Shall we say it now?

SECOND KNIGHT   Without delay, Before the old fox is off and away.

THOMAS   What you have to say By the King's command - if it be

the King's command - Should be said in public.

If you make charges[107],

Then in public I will refute them.   130

FIRST KNIGHT   No! here and now!

기사3   그렇지, 우리가 너를 위해 기도해주겠다[106].

기사1   그래, 우리가 너를 위해 기도해주겠다.

세 기사들   그렇다. 하느님께 너를 도와 달라고 기도해주겠다.

토마스   그런데 여러분. 그렇게 급하다고 말했던 용건이란 결국
         남을 질책하며 신성을 모독하는 것이었소?

기사1   이것은 우리가 충성스러운 신하로서 느끼는 의분일 따름이다. 120

토마스   충성이라고? 누구에 대한 것이지?

기사1   국왕에 대해서!

기사2   국왕에 대해서!

기사3   국왕에 대해서!

세 기사들   국왕께 신의 축복이 있기를!

토마스   그렇다면, 충성이라는 너희들의 새 옷이 더럽혀지거나, 찢어지지
         않도록 조심스럽게 입도록 해. 달리 무슨 할 말이 있는가?

기사1   국왕의 명에 따라서. 이제 그것을 말 할까?

기사2   지체 없이 하시오. 이 늙은 여우가 빠져 달아나기 전에.

토마스   국왕의 명으로 당신이 말하려는 것은 그것이 국왕의
         명령이라면 공중 앞에서 말해야 돼. 너희들이 나를
         기소한다면[107] 나도 공중 앞에서 반박하겠다.   130

기사1   안 돼! 당장 여기에서 해치워야 돼!

---

106) Yes, we'll pray for you!: 반복되는 이 표현은 엘리옷의 Sweeney Agonistes에 처음으로 등장하는 풍자적인 시적기법의 하나이다. 도리스 내가 너를 개종시키겠다. 스위니. 내가 너를 스튜로 만들어 버리겠다. (Doris. I'll convert you! Sweeney. I'll convert you into a stew!) 이것은 The Cocktail Party 에서도 사용되고 있다. 알렉스 그는 마음이 연약했지.(Alex. He was feeble-minded.) 쥴리아. 오, 마음이 연약한 것이 아니야. 그는 다만 무해할 뿐이었지.(Julia. Oh, not feeble-minded, He was only harmless.)

107) If you make charges: 기록에 의하면(William of Canterbury와 익명의 저자 I: Materials Ⅳ 참조) 실제로는 기사들이 토마스에게 그와의 인터뷰를 공개석상과 단독 중 어느 편을 원하는가 물었다. 그때 토마스가 '당신 좋을 대로'라고 대답하자 문지기만 남고 모든 토마스의 무리들이 자리를 떠났다. Fitz Urse가 왕의 어떤 명령을 진행하기 시작하자 토마스는 '이 말들은 비밀에 붙여져서는 안된다'고 말하며 문지기를 시켜 수사(monks)들을 도로 데려오게 했다. 엘리옷은 이 경위를 압축해서 표현했다.

They make to attack him, but the priests and attendants return and quietl, interpose themselves.

THOMAS	Now and here!
FIRST KNIGHT	Of your earlier misdeeds I shall make no mention. They are too well known. But after dissension Had ended, in France, and you were endued With your former privilege, how did you show your gratitude? You had fled from England, not exiled Or threatened, mind you; but in the hope Of stirring up trouble in the French dominions. You sowed strife abroad, you reviled The King to the King of France, to the Pope, 140 Raising up against him false opinions.
SECOND KNIGHT	Yet the King, out of his charity, And urged by your friends, offered clemency, Made a pact of peace, and all dispute ended Sent you back to your See as you demanded.
THIRD KNIGHT	And burying the memory of your transgressions Restored your honours and your possessions. All was granted for which you sued: Yet how, I repeat, did you show your gratitude?
FIRST KNIGHT	Suspending those who had crowned the young prince, 150 Denying the legality of his coronation.
SECOND KNIGHT	Binding with the chains of anathema[108].

기사들이 토마스를 공격하려한다. 그러나 사제들과 시종들이 돌아와 조용히
사이를 가로 막는다

토마스   자. 그러면, 지금 여기에서!

기사1   그대가 초기에 저지른 만행에 대해서는 아무런 언급도 하지
않겠소. 그것들은 너무나 잘 알려진 것이니까. 그런데
프랑스의 분쟁이 끝나고, 그대에게 특권이 부여된 후에
그대는 어떻게 사의를 표시했는지 아시오?
영국에서 망명했지요. 추방된 것도, 협박을 받은 것도 아닌데.
그것도 프랑스의 영토 안에서 말썽을 일으키고자 하는
의도에서였소. 그대는 분쟁을 나라밖에 심어놓은 것이요.
프랑스 왕과 교황에게 국왕에 대한 거짓 의견들을 고하여 140
국왕에 대한 불화를 부추겼오.

기사2   그럼에도 불구하고 국왕께서는 인자하신 마음과 친구의
권고에 이끌려서 관대한 처사를 내리시어 화해의 길을
마련하시고, 모든 논쟁을 그치게 했소. 국왕은 또한, 그대의
소원대로 그대가 속한 교구로 돌아가게 했소.

기사3   그리고 그대가 저지르고 거역했던 것에 대한 추억을 묻고,
그대의 명예와 소유를 회복시켜 주었소. 그대가 요청했던
것은 모두가 부여 되었소. 그런데 거듭 묻거니와 당신은
어떻게 그 사의를 표현했는지 아시오?

기사1   젊은 태자의 대관에 협력한 주교들을 면직하고, 그 대관의
합법성을 부정했소.

기사2   파문이라는 사슬로 묶었소[108].

---

108) anathema: 파문의 공식선언.

THIRD. KNIGHT   Using every means in your power to evince[109]

The King's faithful servants, every one who transacts

His business in his absence, the business of the nation.

FIRST KNIGHT   These are the facts. Say therefore if you will be content

To answer in the King's presence. Therefore were we

sent.

THOMAS   Never was it my wish

To uncrown the King's son, or to diminish   160

His honour and power. Why should he wish

To deprive my people of me and keep me from my own

And bid me sit in Canterbury, alone?

I would wish him three crowns rather than one, And as

for the bishopsl[110]: it is not my yoke That is laid upon

them, or mine to revoke. Let them go to the Pope. It

was he who condemned them.

FIRST KNIGHT   Through you they were suspended.

SECOND KNIGHT   By you be this amended.

THIRD KNIGHT   Absolve[111] them.

FIRST KNIGHT   Absolve them.

THOMAS   I do not deny

기사3　　그대의 세력으로 가능한 모든 수단을 써서 국왕이 부재중일 때 국가의 사업을 집행하는 국왕의 모든 신하들에게 해를 끼쳤소109).

기사1　　이것들은 사실이오. 이제 그대가 국왕 앞에서 떳떳하게 답변할 수 있는지 말 해보시오. 우리가 온 것은 그 때문이오.

토마스　　태자에게서 왕관을 벗기고, 그 분의 명예와 권력을
박탈하는 것이 결코 내 의도는 아니었소.　　　　　　160
무슨 이유에서 그 분은 나에게서 나를 따르는 신도들을 박탈하고, 나를 내 신도들로부터 분리하여, 켄터베리에 홀로 앉아 있도록 명하고자 했을까요? 나는 태자에게 하나의 왕관대신 세 개의 왕관이라도 씌워주고 싶소. 그리고 주교들110)에 대해서는 그들에게 명예를 씌운 것은 내가 아니고 그 명예를 무효로 하는 것 또한 나의 권한이 아님을 밝혀두고 싶소. 할 말이 있다면 교황에게 가라고 하시오. 그들을 징벌했던 분은 교황이오.

기사1　　그들이 면직된 것은 당신 때문이오.

기사2　　당신은 이를 시정해야 하오.

기사3　　그들을 석방하시오111).

기사1　　그들을 석방하시오.

토마스　　나는 이것이 나를 통해서 행해졌음을 부인하지는 않소.

---

109) evince: overcome, to show.

110) as for the bishops: Reginald가 말했다. "어떻든 주교들이 파문된 것은 당신 덕분이요, 고로 당신이 그들을 즉각 사면하는 것이 왕이 바라는 바요." 토마스는 "그것이 내 덕분인 것은 부정하지 않으나 그것은 나에 의해 되어진 것은 아니었소 애당초 그들에게 선고를 내린 자는 교황인고로 그들이 먼저 만나지 않는다면…나에 의해서는 조금도 사면될 수 없소."(*Materials*, Ⅳ. 익명의 저자 I)

111) Absolve: 용서하다. 무죄선언을 하다.

     That this was done through me. But it is not I   170
     Who can loose whom the Pope has bound. Let them go
     to him, upon whom redounds Their contempt towards
     me, their contempt towards the Church shown.

FIRST KNIGHT Be that as it may, here is the King's command: That
     you and your servants depart from this land.

THOMAS If that is the King's command, I will be bold To say:
     seven years were my people without My presence; seven
     years of misery .and pain. Seven years a mendicant[112]
     on foreign charity

     I lingered abroad: seven years is no brevity.   180
     I shall not get those seven years back again.
     Never again, you must make no doubt,
     Shall the sea run between the shepherd and his fold.

FIRST KNIGHT The King's justice, the King's majesty, You insult with
     gross indignity; Insolent madman, whom nothing deters
     From attainting[113] his servants and ministers.

THOMAS It is not I who insult the King,
     And there is higher than I or the King.
     It is not I, Becket from Cheapside,   190
     It is not against me, Becket, that you strive.
     It is not Becket who pronounces doom, But the Law of
     Christ's Church, the judgement of Rome.

FIRST KNIGHT Priest, you have spoken in peril of your life.

SECOND KNIGHT Priest, you have spoken in danger of the knife.

그러나 나는 교황이 묶은 자를 풀어줄 수는 없소.　　　170

그들더러 교황에게 가라 하시오. 그분으로부터 반사되어

그들의 경멸이 나를 겨냥하고, 교회를 표적하여 드러나고 있소.

기사1　설사 그렇다 할지라도 다음과 같은 국왕의 명령을 들으시오.

당신과 당신의 종들은 이 땅에서 떠나야 하오.

토마스　만일 이것이 국왕의 명령이라면 나는 감히 이렇게 말하겠소

나의 교구민들은 나 없이 칠년을 살아 왔소[112]. 그들은 나

없이 혼자서 고통과 불행의 칠년을 살아왔던 것이오.

그 칠년 동안, 나는 구걸하는 걸인의 행각을 하면서

남의 땅을 헤맸던 것이오. 칠년은 짧은 시간이 아니요.　　180

결코 나는 저 칠년을 도로 물릴 수는 없을 것이오. 다시는

목자와 그의 양떼 사이에 바다가 흐르게 하지는 않을 것을

분명히 말하겠소.

기사1　국왕의 정의와 국왕의 위엄을 형편없이 모욕하고 있군.

불순한 미치광이 같으니라구. 국왕의 신하와 백성들을

가로채기[113] 위해서는 별짓을 다할 인간이로군.

토마스　국왕을 모욕한 것은 내가 아니오. 나보다도 국왕보다도 더

높은 존재가 있소.

당신이 공격하고 있는 상대는 내가 아니오.　　　190

이 칩싸이드 출신의 베켙이 아니오. 운명을 선포하는 자 또한

베켙이 아니오. 그것은 그리스도 교회의 법, 로마의 심판이요.

기사1　사제양반, 당신은 그대의 생명을 위태롭게 하는 말을 했소

기사2　사제양반, 당신은 칼의 위험을 가져올지도 모르는 말을 했소.

---

112) mendicant: 교회나 성직자의 계급조직에 예속된 거지.

113) attainting: 범죄적인 행위의 기소.

THIRD KNIGHT   Priest, you have spoken treachery and treason.

THE THREE KNIGHTS Priest! traitor, confirmed in malfeasance[114].

    THOMAS   I submit my cause to the judgement of Rome.

But if you kill me[115], I shall rise from my tomb

To submit my cause before God's throne.   200

Exit

FOURTH KNIGHT   Priest! monk! and servant! take, hold, detain, Restrain

this man[116]: in the King's name.

FIRST KNIGHT   Or answer with your bodies.

SECOND KNIGHT   Enough of words.

THE FOUR KNIGHTS We come for the King's justice, we come with swords.

Exeunt

CHORUS I have smelt them[117]: the death-bringers, senses are quickened

기사3	사제양반, 당신은 배신과 반역의 말을 했오.
세 기사들	그대는 반역자! 부정114)으로 얼룩진 반역자!
토마스	나는 나의 문제를 로마의 심판에 맡기겠소. 당신들이 나를115) 죽인다면, 나는 내 무덤에서 일어나 나의 문제를 하느님의 보좌 앞에 제출하겠소.

퇴장

기사4	저자를! 수도사들과 종들아! 저자를 잡아라! 그를116) 붙들어 결박하여 가두어라. 국왕의 이름으로 이 자를 구속하라.
기사1	말을 안 들으면 너희들이 대신 하느니라.
기사2	이 이상 말은 필요 없다.
네 기사들	우리는 왕의 정의를 위해, 칼을 가지고 왔오.

퇴장   200

코러스	나는 냄새를 맡았소117). 저들이 죽음을 가져오는 사자들이라는 것을.

---

114) malfeasance: 공적관리의 불법적인 처사. 불어의 malfaisant에서 온 말로서 악한 행위 (evil-doing)을 뜻함.

115) But if you kill me: "I know that you have come to kill me, but I make God my shield"라고 말하고는 그는 손으로 이마를 빠르게 두들기며 말했다. "Here," "Here you will find me!" (*Materials*, IV, 참조)

116) Restrain this man: "그때 기사들은 맹렬히 주교를 위협하며 그가 도망가지 않도록 주의하여 경비해야 한다는 왕의 경고를 전하며 떠났다."(*Materials*, IV 참조)

117) I have smelt them,: 1부 656-62행에서처럼, 이 코러스부분에서 공포, 욕지기, 히스테리, 야수성 등을 암시하는 심상들이 채택되고 있다. 그 다음으로 아름다운 것들 속에 깃들인 죽음, 음식의 부패, 정글, 바다밑바닥 등을 보여준다. 여기에서 의도되는 효과는 악의 세력의, 단지 그들 배후에 왕이 도사린 일말의 조야하고 시끄러운 기사들을 넘어서서 우주적인 차원까지로의 확장이다. 한 순교자의 탄생은 신이 직접 개입하여 행위 하는 일이라면, 지옥 의 주인들 또한 이에 대항하여 봉기하는 것으로 그려질 수 있다. 여기에서 우리가 목격하는 것은 교회와 국가 간의 논쟁 이상의 우주적인 것이다. 이 공포와 욕지기의 시는 비합리적으로 사사롭게 듣는 이의 오관에 영향력을 가해온다. 악의 표상은 무수한 자연물들로부터 창조해내기는 어려운 것이 보통이다. 그러나 우리에게는 초자연적인 것을 묘사하기 위한 자료로서는 자연적인 것이, 보이지 않는 것에 대하여 보이는 것이 주어져 있을 뿐이다.

By subtile[118] forebodings; I have heard Fluting in the
night-time, fluting and owls, have seen at noon
Scaly wings slanting over, huge and ridiculous. I have tasted
The savour of putrid flesh in the spoon. I have felt　210
The heaving of earth at nightfall, restless, absurd. I have heard
Laughter in the noises of beasts that make strange
noises: jackal, jackass, jackdaw; the scurrying noise of
mouse and jerboa[119]; the laugh of the loon, the lunatic
bird. I have seen Grey necks twisting, rat tails twining,
in the thick light of dawn. I have eaten Smooth
creatures still living, with the strong salt taste of living
things under the sea; I have tasted The living lobster,
the crab, the oyster, the whelk and the prawn; and they
live and spawn in my bowels, and my bowels dissolve
in the light of dawn. I have smelt Death in the rose,
death in the hollyhock, sweet pea, hyacinth, primrose
and cowslip. I have seen Trunk and horn, tusk and hoof,
in odd places; I have lain on the floor of the sea and
breathed with the breathing of the sea-anemone,
swallowed with ingurgitation[120] of the sponge. I have
lain in the soil and criticised the worm.

감각은 미묘한118) 전조에 따라 빠르게 돌아가는 법! 밤에
나는 피리소리를 들었소. 부엉이와 더불어 피리 소리를.
낮에 나는 비늘에 덮인 날개들이 내려앉는 것을 보았소.
그것은 기이하고 거대한 것이었소.

나는 맛보았소. 수저에 담긴 썩은 살의 풍미를.   210
밤중에 나는 불안하게 헐떡이는 지구의 무모한 몸짓을 느
꼈소. 나는 들었소. 야릇한 짐승들의 소리들 사이로 들려
오는 웃음소리를. 쟈칼, 쟈카스, 쟉도우, 승냥이와 숫 나귀
와 갈 까마귀의 소리를. 부산스러운 쥐119)의 소리.

되강오리의 웃음. 광란하는 새소리. 나는 보았소. 둔한 새
벽빛 속에서 얽히고 꼬이는 회색 모가지와 쥐의 꼬리를.
나는 먹었소. 바다저편 미끄럽게 꿈틀대는 짠 내나는 생
물들을. 나는 맛보았소. 살아있는 가제와 게와 굴과 쇠뿔
고동과 보리새우를.

그것들은 내 창자 안에서 살면서 알을 깠소.
내 창자는 새벽 빛 속에서 용해되고 있소.

나는 장미에서 죽음의 냄새를 맡았소. 촉규화와 완두콩
속에서 히아신스와 앵초와 취란화 속에서도. 나는 이상한
곳에서 뿔과 코와 이빨과 발굽을 보았소. 나는 바다 밑바
닥에 누워 있었고 아네모네의 숨결에 따라 숨쉬고, 게걸
스러운120) 해면과 더불어 삼켰소.

흙속에 누워서 벌레를 비판했소

---

118) subtile: 정교하게 짜여진 극도로 가느다란.

119) jerboa: 작은 쥐의 모양을 한 설치류의 동물.

120) ingurgitation: 게걸스럽게 삼킴.

In the air Flirted with the passage of the kite, I have
plunged with the kite and cowered with the wren. I have
felt The horn of the beetle, the scale of the viper, the
mobile hard insensitive skin of the elephant, the evasive
Bank of the fish. I have smelt
Corruption in the dish, incense in the latrine, the sewer
in the   220
incense, the smell of sweet soap in the woodpath, a hellish
sweet scent in the woodpath, while the ground heaved.
I have seen Rings of light coiling downwards, descending
To the horror of the ape.
Have I not known, not known What was coming to
be? It was here, in the kitchen, in the passage, In the
mews in the barn in the byre in the market-place In
our veins zur bowels our skulls as well As well as in
the plottings of potentates As well as in the
consultations of powers. What is woven on the loom
of fate What is woven in the councils of princes
Is woven also in our veins, our brains,   230
Is woven like a pattern of living worms In the guts of the
women of Canterbury. I have smelt them, the
death-bringers; now is too late For action, too soon for
contrition. Nothing is possible but the shamed swoon Of
those consenting to the last humiliation. I have
consented[121], Lord Archbishop, have consented.

대기 속에서 연의 행로를 따라 움직였소. 연과 함께 돌진
하고 굴뚝새와 더불어 움츠렸소.

딱정벌레의 뿔과 독사의 비늘과 코끼리의 딱딱하고 둔한
피부와 미끈거리는 물고기의 옆구리를 만져봤소.

나는 접시 속에서 부패를, 변소 안에서 향기를,   220
향속에서 시궁창을, 숲속에서 달콤한 비누의 냄새를 맡았
고 땅이 헐떡이며 숨 쉴 때 숲길을 휩싸는 지옥 같은 단
내음을 맡았소. 나는 보았소. 원숭이를 놀라게 하며 아래로
감겨오는 빛의 고리들을. 나는 지금까지 몰랐단 말인가?
무엇이 생성될 것인지를? 그것은 여기에 다 있었소. 부엌
안에, 통로 속에, 마구간과 외양간 속에, 장터에, 우리의 맥
속에, 우리의 내장과 두개골 속에 있었소. 군주들의 음모와
세력 다툼 속에도 있었소. 운명의 베틀에서 짜여진 것을.

군주들의 회담 속에도, 우리의 맥과 두뇌 속에도,
켄터베리 여인들의 창자 속에도,   230
살아있는 벌레들의 무늬처럼 짜여져 있었소.

나는 냄새를 맡았소. 저 죽음을 가져오는 사자들의 냄새
를. 지금은 행동하기에는 너무 늦었고 회개하기에는 너무
이르오. 아무것도 가능하지 않구려. 최후의 모욕에 동조하
는 자들이 수치에 못 이겨 기절해 쓰러지는 것 이외에는.
대주교님, 나는 동조했소[121]. 나는 동조했던 것이오

---

121) I have consented: 코러스는 자신의 죄를 인정함으로써 관중 또한 이 죄에 자신을 적
용하도록 자극한다. 코러스는 연의 진행에 따라 놀아남으로써 잔인에 참여하던 죄, 굴
뚝새와 더불어 비굴하게 겁먹고 저러한 공포의 표상들(images)에 나타난 공포에 자신
을 동일시하던 비겁에의 참가 등으로 인해 범한 죄를 인정한다. 이 극의 근저에는 제
의적인 정화가 깔리고 있는데 이것은 엘리옷이 희랍원형으로부터 재생한 것으로서 특
히 이 코러스부분에서 분명히 드러나고 있다.

Am tom away[122], subdued, violated, United to the
spiritual flesh of nature,
Mastered by the animal powers of spirit,   240
Dominated by the lust of self-demolition, By the final
utter uttermost death of spirit, By the final ecstasy of
waste and shame[123],O Lord Archbishop, O Thomas
Archbishop, forgive us, forgive us, pray for us that we
may pray for you, out of our shame.

Enter THOMAS

THOMAS   Peace, and be at peace with your thoughts and visions.
These things had to come to you and you to accept them,
This is your share of the eternal burden,
The perpetual glory[124]. This is one moment,
But know that another
Shall pierce you with a sudden painful joy   250
When the figure of God's purpose is made complete.

나는 찢겨지고[122], 억눌리고, 더럽혀졌소. 영적인 자연의
육에 영합했소.

동물적인 영의 세력에 지배되어   240

자기 파괴적인 정욕과 영의 최종적인 완전한 죽음과 방탕과
수치[123]의 종국적인 황홀에 사로잡히고 말았소. 오 대주교님.
토마스 대주교여. 우리를 용서하소서. 우리를 용서하소서. 이
치욕 속에서 우리가 당신을 위해 기도할 수 있도록 우리를
위해 기도해 주소서

토마스 입장

토마스   그대들에게 평화가 있기를. 그대들의 생각과 소망에 평화가
있기를. 이러한 것들은 그대들에게 와야 하는 것이고 그대들은
그것들을 받아 들여야 하오. 이것은 영원한 명예와 영속적인
영광[124]중에서 그대들이 차지할 몫이요. 이것은 한 순간이오.

그러나 하느님의 목적이 완성 될 때에   250

당신을 꿰뚫는 또 다른 순간이 올 것이오.

---

122) torn away: 토마스와 그를 아주 강력하게 지탱하는 제 신앙으로부터의 분리로 해석할 수
    있다. 'United to the spiritual flesh of nature, mastered by the animal powers of spirit'
    은 우주의 전복, 종말을 지적한다. 영혼은 육체에 작용하는 힘을 잃고, 오히려 육체적 욕
    정에 따라 움직여지고 있어 자연 질서의 전복을 보여준다. David E. Jones와 같은 비평
    가들은 이것을 '자연세계에 스며든 무질서'의 하나로 보며 이것은 인간에 있어서 '원리'
    의 형태로 끈질기게 존속하는 무질서라고 주장하기도 한다. 行의 subtle의 subtile로의
    표기법과 240行의 인용한 'spirit'은 John Donne의 시 *The Ecstasie*에서 온 것이다.
    As our blood labours to beget Spirits as like souls as it can, Because such fingers
    need to knit The subtile knot which makes us man.
123) By the final ecstasy of waste and shame: Shakespeare의 129번째 sonnet의 다음 구
    절을 반향 한다. The expense of spirit in a waste of shame Is lust in action...
124) The eternal burden, The perpetual glory: 막간의 토마스의 성탄설교 lines 55-60비교.
    어떤 진리는 역설(paradox)을 통해서만 표현되고 이해되어질 수 있다. 그리스도와 성
    바울은 paradox를 많이 사용했다.

You shall forget these things, toiling in the household,
You shall remember them, droning by the fire, When age
and forgetfulness sweeten memory Only like a dream that
has often been told And often been changed in the telling.
They will seem unreal.

Human kind cannot bear very much reality.

Enter PRIESTS

PRIESTS   [severally] My Lord, you must not stop here[125]: To the
minster[126]. Through the cloister. No time to waste. They
are coming back, armed. To the altar, to the altar.

THOMAS   All my life they have been coming, these feet. All my life
I have waited. Death will come only when I am worthy 260
And if I am worthy, there is no danger. I have therefore
only to make perfect my will[127].

PRIESTS   My Lord, they are coming. They will break through
presently. You will be killed. Come to the altar. Make
baste, my Lord. Don't stop here talking. It is not right.
What shall become of us, my Lord, if you are killed;
what shall become of us?

수고로운 세간살이의 틈바구니에서 당신은 그런 것들을 잊을 것이고 땀을 흘릴 때 그것들을 기억하시오. 화롯가에서 이야기를 할 때 그것들을 기억하시오. 세월과 망각이 추억을 달콤하게 할 때, 그것들은 이야기 속에서 자주 말해지고 변화된 꿈처럼 느껴질 것이오. 그때엔 그것이 현실처럼 생각되지 않을 것이오. 인간이란 너무 절실한 현실은 견딜 수 없는 법이오.

사제들 입장

사제들 (여럿이서) 대주교님! 여기서[125] 말씀을 멈추셔야겠습니다. 은퇴소를 지나 수도원[126]으로 가십시오. 조금도 지체할 시간이 없습니다. 그들은 무장을 하고서 다가오고 있습니다. 제단으로 피하십시오. 제단으로요.

토마스 이 발길들은 내 생에 내내 나를 향해 오고 있었다. 나는 그것을 일생동안 기다려왔다.

죽음은 내가 가치가 있을 때에만 오는 것이고   260
내가 가치가 있다면 위험이란 없는 것이다.

그러므로 나는 내 의지를 완전하게 하는 일만이 나의 일이라고 느끼고 있다[127].

사제들 대주교님! 그들이 오고 있습니다. 그들이 곧장 쳐들어오고 있습니다. 목숨이 위태하십니다. 제단으로 피하십시오. 어서 서두르십시오. 대주교님, 이곳에 머물러 계시지 마십시오. 대주교님, 당신께서 돌아가시면 저희들은 어떻게 되겠습니까? 저희들은 어떻게 되겠습니까?

---

125) My Lord, you must not stop here: 그때 거기 있던 많은 수사들이 그에게 ″My Lord, go into the church″라고 말하고는 서둘러 그를 완력으로 끌어냈다(Materials, Ⅲ 참조 William Fitzstephen).

126) minster: 수도원 부속 교회, 중요한 예배당, 성당.

127) I have therefore only to make perfect my will: 엘리옷의 The Rock참조.

THOMAS   Peace! be quiet! remember where you are, and what is happening; No life here is sought for but mine, And I am not in danger: only near to death.

PRIESTS   My Lord, to vespers! You must not be absent from vespers.   270
           You must not be absent from the divine office. To vespers. Into the Cathedral!

THOMAS   Go to vespers, remember me at your prayers. They shall find the shepherd here; the flock shall be spared. have had a tremor of bliss, a wink of heaven, a whisper, And I would no longer be denied; all things Proceed to a joyful consummation.

PRIESTS   Seize him! force him! drag him!

THOMAS   Keep your hands off!

PRIESTS   To vespers! Hurry.

They drag him off. While the CHORUS speak, the scene is changed to the cathedral.

CHORUS   [while a Dies Iræe[128)] is sung in Latin by a choir in the distance]. Numb the hand and dry the eyelid,
           Still the horror, but more horror   280
           Than when tearing in the belly.

토마스 조용하라. 신중하라. 너희가 있는 곳과 일어나고 있는 것을
잘 기억하라. 나 이외에는 여기에 있는 누구의 생명도
위협받고 있지 않다. 나 또한 위험에 놓인 것이 아니다.
단지 죽음에 가까울 뿐이다.

사제들 대주교님! 저녁기도에 나가셔야 하십니다.   270
대주교께서 저녁 기도에 빠질 수는 없습니다.
대주교께서 신성한 임무에 빠져서는 안 될 것입니다. 저녁
기도에 가십시오. 성당 안으로 들어가십시오.

토마스 그대들이나 저녁 기도에 나가시오. 여러분의 기도에 나를
기억해 주오. 목자는 여기에 있어야 할 것이고 양떼들의
목숨은 무사하게 건져져야 되오. 나는 축복의 한가닥 전율을,
하늘의 윙크와, 속삭임을 체험했다오. 나는 더 이상 부인되지
않을 것이요. 모든 일들이 기쁜 연소를 향해 인도될 것이요.

사제들 저분을 붙드시오. 저분을 모셔내시오. 억지로라도 끌어내시오.

토마스 손을 떼라!

주교들 저녁기도를 하러 가시오! 어서.

(사제들이 토마스를 끌어낸다. 코러스가 말하는 동안
장면은 대성당으로 바뀐다.)

코러스 (멀리서 코러스가 라틴어로 디즈 이래[128])를 노래하는 동안)
손을 마비시키고, 눈시울을 말려라.그래도 무섭구나.   280
창자를 가르는 것 보다 더욱 무섭구나.

---

128) Dies Irae: 중세의 라틴 찬미. "The Day of Wrath"를 뜻함. Celano의 토마스(c. 1200-55)에게 헌납된 찬송으로서 중세서정시의 위대한 걸 작품의 하나. 279-87행의 세 시(verses)의 리듬형태와, 304-9행의 두 시는 이것에서 모방한 것. 마지막 두 시가 기조로 삼은 Dies Irae 원문을 영어로 옮기면 다음과 같다.

Seeking me, thou didst sink exhausted, thou didst redeem me, having suffered the cross: let not so great a labour be in vain. I pray, a suppliant, leaning on thee, my heart consumed as it were a cinder. Do thou have care over my ending.

Still the horror, but more horror

Than when twisting in the fingers,

Than when splitting in the skull.

More than footfall in the passage,

More than shadow in the doorway,

More than fury in the hall.

The agents of hell disappear, the human, they shrink and dissolve

Into dust on the wind, forgotten, unmemorable; only is here

The white flat face of Death, God's silent servant,   290

And behind the face of Death the Judgement And behind the Judgement the Void[129]; more horrid than active shapes of hell; Emptiness, absence, separation from God; The horror of the effortless journey, to the empty land Which is no land, only emptiness, absence, the Void, Where those who were men can no longer turn the mind To distraction, delusion, escape into dream, pretence, Where the soul is no longer deceived, for there are no objects, no tones, No colours, no forms to distract, to divert the soul

From seeing itself, foully united forever, nothing with nothing,   300

Not what we call death, but what beyond death is not death, We fear, we fear. Who shall then plead for me, Who intercede for me, in my most need[130]?

그래도 무섭구나. 손가락을 비트는 것보다, 두개골을 쪼개는
것보다 더욱 무섭구나. 낭하의 발자국 소리보다도 더욱,
문간의 그림자보다도 더욱, 홀 안의 광란보다도 더욱
무섭구나. 지옥의 사자들이 퇴장하고, 인간은 점점 졸아들며
녹아져서 망각 속에서 잊혀 지리! 다만, 여기에는 죽음은
신의 묵묵한 종, 하얀 죽음의 평평한 얼굴이 있을 뿐.   290
죽음의 얼굴 뒤에는 심판이, 그 심판의 뒤에는 공허129)가
있구나. 공허의 저 쪽은 지옥 속에 꿈틀대는 형상들보다
더욱 끔찍하구나. 공허와 부재와 신으로부터의 이탈. 공허한
땅, 그것은 땅이 아닌 공허에 불과한 것. 공허요, 부재요,
허공일 뿐인 빈 땅을 향해 가는 헛된 여행의 공포. 인간이
더 이상 마음을 돌릴 곳 없고 꿈과 거짓으로 도피할 수 없는
곳, 무와 무의 무서운 결합 속에서 영혼이 더 이상 기만될
수 없는 곳, 영혼이 그 자체를 못 보도록 영혼을 혼란시킬
형태도, 빛깔도, 음조도, 물체도 없는 그곳. 그것은 우리가
죽음이라고 부르는 것도 아니요, 죽음 저편의 것도 아닌
죽음. 무섭구나. 무섭구나. 누가 나를 위해 청원해 주리요?
내가 가장 절박할 적에 누가 나를 위해 대변해 주리요130)?

---

129) And behind the Judgement the Void: 이것은 토마스의 공포가 아니라, 지도자 없이
임박한 죽음에 흔들리는 코러스의 공포. 최후의 네 가지 죽음, 심판, 지옥, 천국을 생
각하고 있는 그들은 공포에 직면해 특히 죽음, 심판, 지옥의 생각에 잠긴다. Void는
지옥자체이다. 여기서는 emptiness, absence, separation from God (line 293) 으로 생
각된 것으로서, 최후의 심판 같은 중세의 그림 등에서 화가나 시인들이 그려온 것과
같은 active shapes of Hell (line 292)보다 더욱 무서운 것. 엘리옷에 있어 Void란 영
혼이 그 자체의 무의미(nothingness)와 이 무의미에 깃들인 고독에 마주한 채 어떤 종
류의 위안도 취할 수 없는 상태로 상상되었다.

130) Who intercede for me, in my most need?: 전반부는 디즈 이레(Dies Irae)의 'What
patron shall I call?'에서, 후반부는 *Everyman*의 '가장 절실한 때 나에게 자비를 베푸
소서'('Have mercy on me in this most need.')에서 온 것.

Dead upon the tree, my Saviour, Let not be in vain Thy

labour; Help me, Lord, in my last fear. Dust I am, to

dust am bending, From the final doom impending Help

me, Lord, for death is near.

In the cathedral. THOMAS and PRIESTS

PRIESTS   Bar the door[131]. Bar the door   310

The door is barred. We are safe. We are safe. They dare

not break in. They cannot break in. They have not the

force. We are safe. We are safe.

THOMAS   Unbar the doors! throw open the doors! I will not have

the house of prayer, the church of Christ, The sanctuary,

turned into a fortress[132].

The Church shall protect her own, in her own way, not

As oak and stone; stone and oak decay,   320

Give no stay, but the Church shall endure. The Church

shall be open, even to our enemies. Open the door!

PRIESTS   My Lord! these are not men, these come not as men come,

but Like maddened beasts. They come not like men, who

Respect the sanctuary, who kneel to the Body of Christ,

But like beasts.

십자가에서 죽으신 우리의 구주여. 당신의 고난이 헛되지
않게 하소서. 주님이여, 나를 구원하소서. 나의 최후의 공포
속에서 떨고 있는 나를. 흙으로 태어나 흙을 쫓고 있는 이
몸을, 다가오는 최후의 운명에서 주여, 저를 구원하여
주옵소서. 죽음이 가까웠나이다.

대성당 안, 토마스와 사제들

사제들　　문131)을 걸어라! 빗장을 질러라!　　　　　　　310
　　　　　문은 닫혔다! 우리는 안전하다. 이제는 안전하다.

토마스　　빗장을 벗겨라! 문을 열어라! 나는 기도의 집이요,
　　　　　그리스도의 교회인 이 성소를 요새132)로 만들지는 않겠다.
　　　　　교회는 교회의 방식대로 스스로를 보호해야 한다.
　　　　　몽둥이와 돌멩이 대신에. 돌과 나무는 썩는다.　　　320
　　　　　이곳에 머물러 있지 말라. 교회는 견디어 내리라. 교회의
　　　　　문은 열려져야 한다. 적들에게 까지도! 문을 열어라!

사제들　　대주교님! 저들은 인간이 아닙니다. 저들은 인간으로 온
　　　　　것이 아니고 미친 짐승같이 온 것입니다. 성소를 존중하고
　　　　　그리스도 앞에 무릎을 꿇는 인간으로서 온 것이 아니라
　　　　　짐승으로서 왔습니다.

---

131) Bar the door: 수사들은 성당 문을 잠갔으나 베켙은 문을 다시 열라고 명령했다. 이것
　　은 여러 목격자들이 확증했다.

132) turned into a fortress: 'Far be it from me to make a castle of the Church of God:
　　let all come in that wish to, and God's will be done!'(Materials, III, William
　　Fitzstephen. 참조).

You would bar the door Against the lion, the leopard,

the wolf[133)] or the boar, Why not more Against beasts

with the souls of damned men, against men

Who would damn themselves to beasts. My Lord! My

Lord!   330

THOMAS You think me reckless, desperate and mad. You argue

by results, as this world does, To settle if an act be

good or bad. You defer to the fact. For every life and

every act Consequence of good and evil can be shown.

And as in time results of many deeds are blended So

good and evil in the end become confounded. It is not

in time that my death shall be known[134)];

It is out of time that my decision is taken   340

If you call that decision To which my whole being

gives entire consent. I give my life To the Law of God

above the Law of Man. Unbar the door! unbar the door!

We are not here to triumph by fighting, by stratagem, or

by resistance, Not to fight with beast as men.

사자와 표범과 여우[133]와 구렁이에 대항하여 문을 닫을
것이거늘, 저주받은 영혼을 가진 짐승들에 대항하여,
스스로를 짐승으로 전락시킨 인간들에 대항하여, 문을 닫지
못 할 것이 무엇이겠나이까? 대주교님? 대주교님!   330

토마스　내가 절박하다고 생각하고 있는 그대들은 나를 무모한
미치광이로 보고 있다. 그대들은 이세상이 하듯이 행위의
옳고 그름을 판결하는 데에 있어 결과를 가지고만 논하려고
한다. 너희들은 현실 앞에서는 굴복하고 마는구나. 모든 삶과
모든 행위에 대해서는 선과 악의 결과가 드러날 수 있지.
그리고 시간 속에서 많은 행위들의 결과가 엮이는 모습이
그러하듯이 나중에는 선과 악의 구별이 무산될 것이다.
나의 죽음은 현실과 시간 속에서는 이해될 수 없는
것이다[134].
나의 전 존재가 완전히 호응한 그것을 결의라고 부를 수
있다면   340
나의 결의가 이루어지는 것은 역사 밖에서이다. 나는 인간의
법칙위에 있는, 하느님의 법칙에, 나의 생명을 맡긴다. 문을
열어라! 빗장을 열어라! 우리는 싸움과 전략과 대결에서
승리하려고 여기 있는 것이 아니다. 인간으로서 짐승과
싸우려는 것도 아니다. 우리는 짐승과 싸워왔고 이겨냈다.

---

133) the lion, the leopard, the wolf: 예레미야서 5:6 참조: '그러므로 수풀에서 나오는 사
자가 그들을 죽이며 사막의 이리가 그들을 멸하며 표범이 성읍들을 엿봐온 즉 그리로
나오는 자마다 찢기 오리니 이는 그들의 허물이 많고 패역이 심함이니이다.'

134) It is not in time that my death shall be known: 토마스는 한 행위가 시간 속에서 보여
질 때에 그것은 그 동기와 결과에 따라 상대적으로 평가될 수 있고 그것은 세상의 판단에
따른 선과 악 양자에 관여하는 인간행위라고 본다. 한 인간의 살해는 세상이 악이라고 판단
한다. 고로 베켈이 문을 엷으로써 그러한 살해를 가능하게 하는 것은 잘못일 것이다. 그러나
순교가 신의 계획에 의해 이루어지는 것이라면 그것은 시간(Time)을 초월하여 되어진 행위
이며 절대적인 것으로, 상대적으로 평가되어질 수 없다. 베켈의 의지의 개입은 그가 자신의
의지를 신의 의지에 적용하여 신의 의지에 자신의 의지를 포기하는 것 일뿐이다.

We have fought the beast And have conquered. We have only to conquer Now, by suffering. This is the easier victory.

Now is the triumph of the Cross, now   350

Open the door! I command it. OPEN THE DOOR!

The door is opened. The KNIGHTS enter, slightly tipsy

PRIESTS   This way, my Lord! Quick. Up the stair. To the roof. To the crypt. Quick. Come. Force him.

KNIGHTS   Where is Becket, the traitor to the King? Where is Becket, the meddling priest? Come down Daniel to the lions' den[135]; Come down Daniel for the mark of the beast[136]: Are you washed in the blood of the Lamb? Are you marked with the mark of the beast?

Come down Daniel to the lions' den,

Come down Daniel and join in the feast.   360

Where is Becket the Cheapside brat?

Where is Becket the faithless priest?

Come down Daniel to the lions' den,

Come down Daniel and join in the feast.

이제 우리에게 남은 일은 오직 고난으로서 정복해야 하는
것 뿐이다. 이것은 승리의 첩경이다.
이제 십자가의 승리가 임박했다.   350
자, 문을 열어라! 명령이다! 문을 열어라!

문이 열린다. 기사들이 술 취한 듯 약간 비틀거리며 들어온다.

사제들   주교님, 이리로 오십시오! 어서 제단을 오르십시오! 옥상으로.
          아니 지하실로. 어서 몸을 피하십시오. 자 계단으로.
          대주교님을 억지로 모셔내자!

기사들   국왕의 반역자, 베켓이 어디 있는가? 미친 주교, 베켓이 어디
          있는가? 내려오라, 다니엘, 사자 굴135)을 향하여. 내려오라,
          다니엘, 짐승136)의 표지를 향하여. 그대는 양의 피로
          목욕했는가? 그대는 짐승의 표지를 달고 있는가? 내려오라,
          다니엘, 사자 굴을 향하여. 내려오라, 다니엘, 내려와서 이
          잔치에 참예하라. 첩싸이드의 풋내기 베켓이 어디 있는가?
          불성실한 사제 베켓이 어디 있는가?
          내려오라, 다니엘, 사자 굴을 향하여.
          내려오라, 다니엘, 내려와서 이 잔치에 참예하라.   360

---

135) Come down Daniel to the lions' den: 1920년, 미국 시인 Vachel Lindsay가 펴낸
    Daniel Zazz라는 재즈리듬을 부활시키는 시를 본 따 쓰여진 것.
136) The mark of the beast...the blood of the Lamb: 계시록 19:20 와 7:14를 빗대어 조
    롱하는 언급. 계시록 19:20; "짐승이 잡히고 그 앞에서 이적을 행하던 거짓 선지자도
    함께 잡혔으니 이는 짐승의 표를 받고 그의 우상에게 경배하던 자들을 미혹하던 자라
    이들이 산 채로 유황불 붙는 곳에 던지우고." 7:14; "내가 가로되 내 주여 당신을 알
    리이다 하니 그가 나더러 이르되 이는 큰 환란에서 나오는 자들인데 어린양의 피에
    그 옷을 씻어 회계 하였느니라." 그가 유혹자들의 악(evil)과 싸워 극복했음을 뜻한다.

THOMAS	It is the just man who Like a bold lion, should be without fear. I am here.

No traitor to the King. I am a priest,

A Christian, saved by the blood of Christ,

Ready to suffer with my blood.   370

This is the sign of the Church always, The sign of

blood. Blood for blood. His blood given to buy my life,

My blood given to pay for His death,

My death for His death.

FIRST KNIGHT   Absolve all those you have excommunicated.

SECOND KNIGHT   Resign the powers you have arrogated[137].

THIRD KNIGHT   Restore to the King the money you appropriated.

FIRST KNIGHT   Renew the obedience you have violated.

THOMAS   For my Lord I am now ready to die,   380

That his Church may have peace and liberty.

Do with me as you will[138]: to your hurt and shame;

But none of my people, in God's name, Whether

layman or clerk, shall you touch.

This I forbid.

KNIGHTS   Traitor! traitor! traitor!

THOMAS   You, Reginald, three times traitor you: Traitor to me as

my temporal vassal[139]; Traitor to me as your spiritual

lord,

Traitor to God in desecrating His Church.   390

토마스　떳떳한 인간은 용감한 사자처럼 공포 없이 서야 하는 법. 내가
여기에 있다. 나는 국왕의 반역자가 아니다.

나는 그리스도의 보혈로 구원받고 내 피로서 고난 받을 준비가
되어있는 한 크리스찬이요, 한 사제일 뿐이다.　　　370

이것은 언제나 교회의 표식이며, 보혈의 표식.

그것은 보혈을 위한 보혈. 주의 보혈은 내 생명을 구원하기 위하여
흘려진 것이고, 나의 보혈은 주의 죽음을 갚기 위하여 바치는
것이다. 나의 죽음은, 주의 죽음에 대한 보답.

기사1　파문시킨 모든 자들을 석방하라!

기사2　찬탈한 권력들을 포기하라137)!

기사3　횡령한 돈을 국왕에게 반환하라!

기사1　자네가 어긴 국왕에 대한 순종을 재개하라.

토마스　나는 주님을 위해 지금 죽을 각오가 되어있다.　　　380

주님의 교회는 평화와 자유를 누릴 것이다138). 나를 해치든지
모욕하든지 너희들의 마음대로 하라. 그러나 신의 이름을 걸어
말하노니, 평민이든 성직자든 나의 백성에게는 손을 대어서는
안 된다. 결단코 이것을 금한다.

기사들　반역자! 반역자! 반역자!

토마스　레지날드, 바로 네가, 바로 네가 삼중의 반역자다! 내가 속한
세상의 지위에 대한 반역자요139), 영적인 주에 대한 반역자요,
주의 교회를 더럽히는, 하느님에 대한 반역자다.　　　390

---

137) arrogated: 합법적인 권리 없이 취함.

138) Do with me as you will, etc: 'If it is my head', he said, 'that you want, on God's behalf,
　　I forbid you by anathema to touch any of my people'(Materials, Ⅳ 무명의 저자 Ⅱ).

139) As my temporal vassal: Fitz Urse는 봉건체제로 말하면 베켙 아래에 속했던 자로서 이전에
　　그에게서 득을 얻었던 자. (Reginald son of Urse가 처음 그에게 손을 댈 때 그는 더욱
　　완강하게 압박해 왔다. 저 신의 사자는 몸을 빼면서 달려 나와 그에게 말했다. "Get out
　　of here: you are my man, and ought not to touch me" (Materials, Ⅳ 악명의 저자 Ⅰ 참조)

FIRST KNIGHT   No faith do Iowe to a renegade, And what Iowe shall now be paid.

THOMAS   Now to Almighty God[140]: to the Blessed Mary ever Virgin, to the blessed John the Baptist, the holy apostles Peter and Paul, to the blessed martyr Denys[141]; and to all the Saints, I commend my cause and that of the Church.

While the KNIGHTS kill him[142], we hear the

CHORUS   Clear the air[143]! clean the sky! wash the wind! take stone from stone and wash them.

The land is foul, the water is foul, our beasts and ourselves defiled with blood.

A rain of blood has blinded my eyes. Where is England? where is Kent? where is Canterbury?

O far far far far in the past; and I wander in a land of barren boughs[144]:   400

if I break them, they bleed;

I wander in a land of dry stones: if I touch them they bleed.

기사1　　배신자에게 충성을 할 의무는 없다. 내게 의무가 있다면 이제라도 갚아주겠다.

토마스　　전능의 하느님140)과, 영원한 성처녀 마리아와, 성 세례요한과, 성 사도 베드로와 바오로와, 축복받은 순교자 데니스141)와 모든 성자들에게, 나 자신과 교회의 대의를 맡기노라.

기사들이 대주교142)를 죽인다. 이 동안 관중은 다음과 같은 코러스의 합창을 듣는다.

코러스　　대기를 씻어라. 하늘을 씻어라. 바람143)을 씻어라. 돌에서 돌을 떼어내어 돌들을 씻어라. 땅이 오염됐다. 물이 오염됐다. 우리와 우리의 짐승들이 피로 더럽혔구나. 핏방울로 흐려진 눈. 어둡구나. 어둡구나. 잉글랜드는 어디 있는가. 켄트는 어디 있는가. 켄터베리는 어디 있는가. 아, 과거 속에 멀리 멀리 멀리 묻혔구나. 불모의 가지들의 땅에서 방황하노라.　　400 나뭇가지144)를 꺾으니 피가 나는구나. 메마른 돌들의 땅에서 방황하노라. 돌을 건드리니 피가 나는구나.

---

140) Now to Almighty God: 베켈의 마지막 말은 William Fitzstephen이 제시하는 *Materials*, Ⅲ과 익명의 저자 Ⅰ, Ⅱ(Vol. Ⅳ)와 거의 동일하다.

141) blessed martyr Denys: A.D 280에 순교자의 죽음을 죽었던 파리의 주교.

142) While the Knights kill him: 이 부분은 사실적으로(naturalistically) 처리되어서는 안 되고 천천히 상징적인 발레동작처럼, 토마스를 그 중심에 두고 기사들의 칼이 수레바퀴의 활을 이루도록 하며 정교하게 고안된 의식(ritual)의 일부로서 처리되어야 함.

143) Clear the air!: 자연 질서의 오염에 대한 경악과 거친 저항을 표현하는 이 코러스부분에서 시간과 장소에 대한 모든 지각이 상실된 채 거대한 우주적인 악이 이 가련한 켄터베리 여인들을 압도함이 보여진다. 일상의 가정적인 근심거리만을 감당하는 데 익숙해져 있는 그들이 이제 겪게 되는 것은 우주적인 것으로서 그들의 상상과 인내를 넘어선 혐오스러운 것으로서 세계 자체가 전체적으로 오염되어 있다. 그리하여 그들은 하늘을 정화한다던가 바람을 씻는다던가, 뇌를 씻는다던가 하는 것과 같은 불가능한 것을 요청하는 것이다.

144) barren boughs: Dante의 *Inferno, Canto* ⅩⅢ 참조. 가지를 꺾으면 피를 흘리는 지옥에 있는 나무에 일어나던 자살을 상기시킴.

How how can I ever return, to the soft quiet seasons[145]!

Night stay with us, stop sun, hold season, let the day

not come, let the spring not come.

Can I look again at the day and its common things, and

see them all smeared with blood, through a curtain of

falling blood? We did not wish anything to happen.

We understood the private catastrophe,

The personal loss, the general misery, Living and partly

living;

The terror by night that ends in daily action, The terror

by day that ends in sleep;

But the talk in the market-place, the hand on the broom,   410

The night-time heaping of the ashes,

The fuel laid on the fire at daybreak, These acts marked

a limit to our suffering.

Every horror had its definition, Every sorrow had a kind

of end:

In life there is not time to grieve long.

But this, this is out of life, this is out of time, An

instant eternity[146] of evil and wrong.

어떻게 저 포근하고 평온한 계절[145]로 어떻게 되돌아 갈
수 있으리오? 밤이 우리에게 머물고 있구나, 태양을 멈추
고, 계절을 정지시키고, 낮이 오는 것을 막고, 봄이 오는
것을 막고 있구나. 우리는 과연 다시 해를 볼 수 있을 것
인가. 낮과 낮의 세상을. 세상이 온통 피로 물들여져 있구
나, 흘러내리는 피의 장막 속에서.

우리는 아무것도 일어나지 않기를 바랐다. 우리는 익히
알고 있었다.

사사로운 파국을, 개인의 상실과, 전체의 불행을. 삶을, 조
각난 삶을 영위하며. 밤의 공포가 낮의 행위로 끝나고, 낮
의 공포가 잠으로 끝나는 가운데 장터의 이야기로,

비를 쥔 손으로, 동틀 녘 벽난로에 지펴지는   410
불로 우리는 우리의 고통을, 부분적으로 외면하려 했었다.
모든 공포는 규정할 수 있고, 모든 슬픔은 그 나름대로 끝
이 있어, 인생에서는 그리 오래 슬퍼할 시간은 없는 법.
그러나 이것은, 삶과 시간 저 바깥에 속한 것, 악과 잘못
의 순간적인 영원성[146].

---

145) the soft quiet seasons: The soft quiet seasons 는 1부 lines 9-47과 비교해 볼 것. 우
리는 대개 삼차원적인 것, 과거·현재·미래의 시간에 연관되는 관사들이나 우리의
육체적인 지각을 통해 우리가 이해할 수 있는 언어를 써서 시간과 공간속에 있는 우
리의 정상적인 존재를 다룬다. 그러나 이런 단순한 용어로는 표현될 수 없는 존재의
규범에 대한 직관력을 가지는 우리는 공간속에 사나 무한에 대한 직관을 가지고 시간
속에 사나 영원에 대한 직관을 가진다. 무한은 단순히 공간의 점차적인 확대를 뜻하
지 않는다. (영원이 단순히 시간의 점차적인 확대를 뜻하지 않듯)

146) An instant eternity: instant eternity란, 시간에 - 규정당하는 덧없는 존재인 피조물이
선·악의 영원한 투쟁과 같은 절대적인 reality에 대해서 해득할 수 있는 바다. 그러
나 토마스는 말한다(2부 257행): "인류는 reality를 별로 감당할 수 없다."

We are soiled by a filth that we cannot clean, united to

supernatural vermin,

It is not we alone, it is not the house, it is not the city

that is defiled,   420

But the world that is wholly foul.

Clear the air! clean the sky! wash the wind! take the

stone from the stone, take the skin from the arm, take

the muscle from the bone, and wash them.

Wash the stone, wash the bone, wash the brain, wash

the soul, wash them wash them!

The KNIGHTS, having completed the murder, advance to the front of the stage and address the audience[147].

우리는 우리가 씻어낼 수 없는 더러움으로 오염되었고,

초자연적인 해충과 한 몸이 되었다.

오염된 것은 우리만이 아니고, 우리의 도시만이 아니요, 420

세상 전체가 더럽구나.

공기를 씻어라. 하늘을 씻어라. 바람을 씻어라.

돌에서 돌을, 팔에서 피부를, 뼈에서 근육을 떼어내어

씻어라.

돌을 씻어라. 뼈를 씻어라. 뇌수를 씻어라. 영혼을 씻어라.

씻어라 씻어라!

기사들은 암살을 끝내고 무대 앞으로 나와서 관중에게 연설한다147).

---

147) The Knights ... address the audience: 독백이나 관객에 대고 직접 말하는 방식은 극작가에 있
어 가장 강력한 전달수단이다(햄릿이 그의 독백으로 세계무대에서 가장 두드러진 인물이 되
고 있듯). 19C 동안 사진틀과 같은 무대의 발명과 더불어, '자연주의'(Naturalism)라는 상당히
유치한 무대효과를 편애하여 실생활에서 실제로 일어날 수 있는 것에 국한해서 극을 쓸 뿐
아니라 실생활에서 볼 수 없는 독백이나 관중에게 직접 말을 하는 것을 축소시키는 경향이
유행했다. 'Naturalism'은 예술과 사실(nature)을 혼동함으로써 우매를 범한다. 예술작품은 일
상생활에서 만날 수 있는 것이 아니라 상상할 수 있는 것에 호소하며 일상생활의 한계성을
초월한다. 엘리엇이 이 대사를 관중에게 직접 말하게 한 것은 그 당대의 극적 기교에서 두드
러진 개혁이 되고 있다. 그럼에도 기사들은 극장을 정치회합으로 바꾸며, 고도로 사실적인
20C 구어법의 style로 말을 하고 있다. 그들은 상투어(cliché)를 고도로 능란하게 구사 한다:
우리는 영국인으로서 정당한 훼어·플레이(fair play)를 신봉하고 우리는 몰리는 약자
(under-dog)를 동정하며, 양측의 입장을 다 들어봐야 한다고 주장하는 바이고, 공식석상에서
말하는 것에 경험이 없고, 우리의 행위를 통해 얻는 소득은 아무것도 없으며, 저 주교는 멋진
쑈를 그럴싸하게 하고 있고 우리는 인기를 끌려는 자의 덫에는 결코 걸리지 않을 것과, 결국
그는 아주 위대한 사람이다 등등. 배심원 심판(Trial by Jury 431-2)이라는 유서 깊은 원칙 또
한 하나의 상투어(cliché)다. 이 제도는 헨리Ⅱ세 자신이 다른 법적인 개혁과 함께 소개한 아
주 최초의 것이다. 네 기사 중 특히 두 번째 기사와 네 번째 기사의 연설이 가장 우수하다.
이 둘은 이 역사적인 상황을 공정히 다루는 듯이 보이는 데에 썩 잘 성공하고 있어, 많은 현
대역사가들은 그들과 동조하게 될 정도다. 494행과 553행에서 시작하는 부분은 꽤나 합리적
이고 주장할만한 것으로 들리는 관점을 제공한다. 그러나 이런 관점이 살인과 신성모독
(sacrilege)으로 인도했던 것이 잔혹한 사실이다. 관중이 베켙의 성탄설교를 듣지 않았더라면
대주교가 자살을 범했다는 사상은 더욱 신빙성을 가졌을 것이다.

FIRST KNIGHT   We beg you to give us your attention for a few moments. We know that you may be disposed to judge unfavourably of our action. You are Englishmen, and therefore you believe in fair play: and when you see one man being set upon by four, then your sympathies are all with the under dog. I respect such feelings,
I share them. Nevertheless, I appeal to your sense of honour. You are Englishmen, and therefore will not judge anybody without
hearing both sides of the case. That is in accordance 430 with our long-established principle of Trial by Jury.
I am not myself qualified to put our case to you. I am a man of action and not of words. For that reason I shall do no more than introduce the other speakers, who, with their various abilities, and different points of view, will be able to lay before you the merits of this extremely complex problem. I shall call upon our eldest member to speak first, my neighbour in the country:
Baron William de Traci.

THIRD KNIGHT   I am afraid I am not anything like such an experienced speaker as my old friend Reginald Fitz Urse would lead you to believe. But there is one thing I should like to say, 440 and I might as well say it at once. It is this: in what we have done, and whatever you may think of it, we have been perfectly disinterested. [*The other* KNIGHTS: 'Hear! hear I']

기사1   잠깐 동안 저희들의 말씀을 들어주시기 바랍니다. 여러분은
아마 우리의 행위를 좋지 않게 판단하실 것이라고 생각됩니다.
여러분은 영국인입니다. 고로, 여러분은 페어 플레이를
존중합니다. 그러므로 한 사람이 네 사람과 대격할 때,
여러분의 동정심은 약한 쪽에 기울어지실 것 입니다.저도
그러한 감정을 존중하며 동감하는 바입니다. 그럼에도
불구하고 저는 여러분의 명예의식에 호소 하고자 합니다.
여러분은 영국인 입니다. 고로, 양 쪽의 입장을 들어보지
않고서는 누구도 심판하지 않으실 것입니다.   430
이것은 우리의 유서 깊은 배심재판정신의 원칙과 부합되는
것입니다. 저 자신이 문제를 여러분에게 진술할 자격이
없습니다. 저는 행동적인 인간이지 말에 능한 인간은
아닙니다. 그런 까닭에 저는 그저 다른 연사들을 여러분에게
소개하고 물러갈까 합니다. 다양한 능력과, 다른 시각을
가지신 그분들은 여러분에게 이 지극히 복잡한 문제의
긍정적인 점들을 여러분에게 제시 해 주실 수 있을 것입니다.
저는 우리의 일원들중 가장 연장자이시고, 이 고장의 이웃인
윌리암 드 트레시경을 소개하겠습니다.

기사3   저는, 제 오랜 친구 레지날드 핏즈얼스처럼 노련한 연사가
못 됩니다. 그래서 그분처럼 내 애기가 여러분을 납득시킬
수 있을지 염려되는 바입니다. 그러나 한 가지   440
말씀드려야 할 것이 있으니 그것을 즉석에서 말할까 합니다.
그것은 이러합니다. 여러분이 어떻게 생각하시든 간에 우리의
행위는 어떠한 이해관계도 전혀 개입되지 않은 전적으로 사심
없는 행위였습니다. (다른 기사들 "들어봐!" "들어봐!")

We are not getting anything out of this. We have much more to lose than to gain. We are four plain English-men who put our country first. I dare say that we didn't make a very good impression when we came in just now. The fact is that we knew we had taken on a pretty stiff job; I'll only speak for myself, but I had drunk a good deal - I am not a drinking man ordinarily - to brace myself up for it. When you come to the

point, it does go against the grain to kill an Archbishop, 450 especially when you have been brought up in good Church traditions. So if we seemed a bit rowdy, you will understand why it was; and for my part I am awfully sorry about it. We realised this was our duty, but all the same we had to work ourselves up to it. And, as I said, *we* are not getting a penny out of this. We know perfectly well how things will turn out. King Henry - God bless him - will have to say, for reasons of state, that he never meant this to happen; and there is going to be an awful row; and at the best we shall have to spend the rest of our lives abroad.

이 행위를 통해 우리에게 소득 될 것 이라고는 아무것도 없습니다. 소득은 그만두고 오히려 손해가 더 많습니다. 우리 네 사람은 조국을 가장 먼저 앞세우는 평범한 영국인일 따름입니다. 사실, 우리가 아까 들어올 때에는 우리는 별로 기분이 좋지 않았고, 여러분들에게도 좋은 인상을 주지는 못했을 것 이라고 감히 말할 수 있겠습니다. 우리는 우리가 맡은 일이 얼마나 힘 드는 일이라는 것을 알고 있었기 때문입니다. 그러기에 제 자신의 경우를 말씀드리자면, 저는 평소에 술을 잘 마시지 못하는 데도 그 일을 수행할 용기를 얻기 위해서 상당량의 술을 마셔야 했습니다. 요점을 말씀드 리자면, 대주교를 죽이는 일은 제 성미에 맞지 않습니다.　450 더구나 훌륭한 교회의 전통속에서 자란인간으로서는 무척 어려운 일입니다. 그래서 만일 우리가 다소 난폭하게 보였다면, 어째서 그랬는지를 여러분이 양해해 주시기를 바라는 것입니다. 저 개인적으로는 이 일에 대해서 지극히 유감스럽게 생각합니다. 우리는 이 일이 우리의 임무임을 깨달았지요. 어쨌든 이 일을 우리는 이 일을 수행해 내야 했습니다. 앞서 말씀드렸듯이, 우리는 이 행위에서 한 푼의 소득도 얻는 것이 없습니다. 우리는 앞으로 사태가 어떻게 전개 될 지를 잘 알고 있습니다. 헨리국왕은 국왕님께 신의 축복이 있기를 -국가적인 견지에서 "나는 결코 이러한 일이 일어나기를 원치 않았다"고 하실 것입니다. 앞으로 무서운 소동이 있게 될 것입니다. 결국 우리는 잘해야 해외로 추방되어 여생을 보내야 할 운명에 놓일 것입니다.

And even when reasonable people come to see that the 460
Archbishop *had* to be put out of the way - and personally
I had a tremendous admiration for him - you must have
noted what a good show he put up at the end - they won't
give *us* any glory. No, we have done for ourselves, there's
no mistake about that. So, as I said at the beginning, please
give us at least the credit for being completely disinterested
in this business. I think that is about all I have to say.

FIRST KNIGHT   I think we will all agree that William de Traci has
spoken well and has made a very important point. The
gist of his argument is this: that we have been
completely disinterested.

But our act itself needs more justification than that;   470
and you must hear

our other speakers. I shall next call upon Hugh de
Morville, who has made a special study of statecraft and
constitutional law. Sir Hugh de Morville.

SECOND KNIGHT   I should like first to recur to a point that was very
well put by our leader, Reginald Fitz Urse: that you are
English- men, and therefore your sympathies are always
with the under dog. It is the English spirit of fair play.
Now the worthy Archbishop,

whose good qualities I very much admired, has
throughout been presented as the under dog.

But is this really the case?

제 개인적으로는 대주교님을 상당히 존경합니다. 그런데 앞
으로 사리에 밝은 사람들이 대주교는 처치되어야   460
한다고 보게 될지라도 결코 그분들은 우리에게는 어떤 영
광도 돌리지 않을 것입니다. 여러분은 그분이 마지막에 얼
마나 훌륭한 연극을 해내셨는지를 주시하셨겠지요. 결코 우
리는 자발적으로 했을 뿐이고, 여기에 착오란 있을 수 없습
니다. 그러니, 제가 모두에서 말씀드렸듯이, 우리에게 적어
도 이 일에 있어서 전적으로 사심 없었음에 대해서는 부디
제대로 평가해주시기 바랍니다. 이것이 내가 할 말의 전부
라고 생각합니다.

기사1 윌리암 드 트레시의 훌륭하신 말씀은 아주 중요한 요점을
지적해 주고 있다고 봅니다. 이점에 대해서는 우리 모두가
동의한다고 생각합니다. 그분 주장의 요지는 우리가
전적으로 사심 없었다는 점입니다. 그러나 우리의 행위 그
자체는 그 이상의 정당화를 요구하고 있습니다. 여러분은
다른 연사들의 말씀을 들어보셔야 겠습니다.   470
다음으로는 정치와 헌법을 특별히 연구하신 휴우 드 몰빌
경을 소개하겠습니다. 휴우 드 몰빌 경!

기사2 우선 우리의 지도자이신 레지날드 핏츠 얼스께서 아주
적절하게 하신 말씀을 상기하시기 바랍니다. 여러분은 영국
사람들입니다. 고로 여러분의 동정심은 늘 약한 쪽에
기울어집니다. 저는 대주교님의 훌륭한 성품을 대단히 숭배하는
바입니다. 그런데 그 분은 내내 약한 자로 제시되고 있습니다.
그러나 그것이 사실일 까요?   480

I am going to appeal not to your emotions   480
but to your reason. You are hard- headed sensible
people, as I can see, and not to be taken in by
emotional clap-trap. I therefore ask you to consider
soberly: what were the Archbishop's aims? and what are
King Henry's aims? In the answer to these questions
lies the key to the problem. The King's aim has been
perfectly consistent. During the reign of the late Queen
Matilda[148] and the irruption of the unhappy usurper
Stephen[149], the kingdom was very much divided. Our
King saw that the one thing needful was to restore
order: to curb the excessive powers of local government,
which were usually exercised for selfish and often for
seditious ends, and to reform the legal system.   490
He therefore intended that Becket, who had proved
himself an ex- tremely able administrator - no one
denies that - should unite the offices of Chancellor and
Archbishop. Had Becket concurred with the King's
wishes, we should have had an almost ideal State: a
union of spiritual and temporal administration, under the
central government.

저는 여러분의 감정에 호소하는 것이 아니라, 여러분의 이성에 호소하는 것입니다. 저는 여러분이 냉철한 지성을 가진, 지각 있는 국민인 것을 알고 있습니다. 여러분은 결코 감정의 덫에 걸리시지는 않을 것입니다. 그러므로 저는 여러분에게 한 번 냉정하게 생각해 주십사 하는 것입니다. 대주교의 목적은 무엇이었을까요? 이런 물음들에 대한 대답에 이 문제를 푸는 열쇠가 놓여 있다고 봅니다. 국왕의 목적은 철저히 일관된 것이었습니다. 고 마틸다[148] 여왕이 통치하고 불미스러운 스테반[149] 찬탈자가 내정간섭을 하는 동안, 왕국은 대단히 갈라져 있었지요. 이에 우리의 국왕께서는 한가지 필요한 것은 질서를 회복하는 것임을 간파했지요. 대개는 이기적이고 흔히 반동적인 목적에 가동되었던 지방 행정부의 과도한 권력들을 축소시키고, 490 법체계를 개정하자는 것이었습니다. 이에 따라 국왕은 지극히 유능한 행정가로 입증되었던--아무도 부인 할 자가 없는--베케트께서 대법관직과 대주교직을 통합해주기를 의도하셨던 것입니다. 만일 베켓이 국왕의 뜻에 순응했더라면 우리는 그야말로 이상적인 국가를 건설할 수 있었을 것입니다. 즉, 중앙정부아래 영적인 통치와 세속행정의 일원화를 기할 수 있었을 것입니다.

---

148) the late Queen Matilda: Henry I세의 외동딸. 1128년에 Geoffrey of Anjou 와 결혼하여 Henry II 세를 낳았다. 1167년에 사망.

149) the unhappy usurper Stephen: Henry I세의 조카로서 1135년 그의 사망 후 왕위를 찬탈하였으나 1153년 그의 후계자로써 그의 조카(Henry II)를 승인하도록 강요받았다. 1154년 Dover에서 사망.

I knew Becket well, in various official relations; and I may say that I have never known a man so well qualified for the highest rank of the Civil Service. And what happened? The moment that Becket, at the King's instance, had been made Archbishop, he resigned the office of Chancellor, he became more priestly than the 500 priests, he ostentatiously and offensively adopted an ascetic manner of life, he affirmed immediately that there was a higher order than that which our King, and he as the King's servant, had for so many years striven to establish; and that - God knows why - the two orders were incompatible. You will agree with me that such interference by an Archbishop offends the instincts of a people like ours. So far, I know that I have your approval: I read it in your faces. It is only with the measures we have had to adopt, in order to set matters to rights, that you take issue. No one regrets the necessity for violence more than we do.   510
Unhappily, there are times when violence is the only way in which social justice can be secured. At another time, you would condemn an Archbishop by vote of Parliament and execute him formally as a traitor, and no one would have to bear the burden of being called murderer. And at a later time still, even such temperate measures as these would become unnecessary.

일찍이 저는 여러 사무적인 관계로 베켓을 잘 알고 있었습니다. 또한 나는 국가 공무상의 최고의 자리에 베켓 이상 가는 적격자가 없음을 말씀드릴 수 있습니다. 그런데 무슨 일이 일어났습니까? 베켓이 국왕의 발기로 대주교가 된 순간, 그는 대법관의 직무를 내 던지고 어떤 신부들보다 더욱   500 성직자다워졌고, 여봐란듯이 도전적인 자세로 금욕적인 생활방식을 채택했습니다. 그는 또한 우리의 국왕과 국왕의 종복인 그 자신이 여러 해를 두고 이룩하려고 노력해온 이 지상의 질서보다 한층 더 높은 고차원적인 질서가 있다고 즉각 주장했습니다. 또한 그는 무슨 이유에서인지는 모르지만 그 양자는 서로 겨룰 수조차 없는 것이라고 주장하기 시작했습니다. 여러분은 그와 같은 대주교의 간섭이 우리들 국민의 본능에 거슬리고 있다는 점에 있어 저와 동의하실 것입니다. 여러분은 이제 까지 제 말에 찬동하고 계신다고 믿습니다. 그것은 여러분의 얼굴에 나타나 있습니다. 여러분이 이의를 제기 하는 것은 사태를 바로 잡기 위해서 우리가 부득이 취하지 않을 수 없었던 방법에 대해서 일 뿐입니다.   510 우리는 누구보다도 폭력을 사용할 수밖에 없었던 점에 대해서 유감스럽게 생각하고 있습니다. 불행히도 폭력만이 사회정의를 보장하는데 있어 유일한 방도인 때가 더러 있습니다. 다른 경우에, 여러분은 한 명의 대주교를 국회의 투표로 정죄하려 들 것이고 반역자로서 그를 공식적으로 처단했을 것이고, 아무도 살인자라 불리우는 부담을 짊어지지 않으려 했을 것 습니다. 나중에도 여전히 이와 같은 성격의 방법들이 불필요하겠지요.

But, if you have now arrived at a just subordination of the pretensions of the Church to the welfare of the State, remember that it is we who took the first step. We have been instrumental in bringing about the state of affairs that you approve. We have served your interests; we merit   520
your applause; and if there is any guilt whatever in the matter, you must share it with us.

FIRST KNIGHT   Morville has given us a great deal to think about. It seems to me that he has said almost the last word for those who have been able to follow his very subtle reasoning. We have, however, one more speaker, who has I think another point of view to express. If there are any who are still unconvinced, I think that Richard Brito, coming as he does of a family distinguished for its loyalty to the Church, will be able to convince them. Richard Brito.

FOURTH KNIGHT   The speakers who have preceded me, to say nothing   530
of our leader, Reginald Fitz Urse, have all spoken very much to the point. I have nothing to add along their particular lines of argument. What I have to say may be put in the form of a question: *Who killed the Archbishop?* As you have been eye-witnesses of this lamentable scene, you may feel some surprise at my putting it in this way.

그러나, 여러분이 이제 교회의 위선들을 국가의 복지에 종속시키자는 올바른 결론에 도달하셨다면, 그 첫 발을 내디딘 자가 우리임을 기억해 주십시오. 우리는 여러분이 승인하시는 국사의 수행에 도구노릇을 담당했습니다. 우리는 여러분의 이익을 위해 봉사했으니 여러분의 갈채를 받아 마땅합니다. 그런데 조금이라도 그 일에 우리가 죄가 있다면   520 여러분은 우리와 함께 그 죄를 나누어야 할 것입니다.

기사1   몰빌은 우리에게 생각할 바를 많이 제공해주었습니다. 저로서는 그분이 자신의 미묘한 합리화에 따를 수 있는 자들에 대해서 거의 마지막 말을 해 주셨다고 여겨지는 군요 .그런데 여기에 다른 관점을 가지고 표현하실 분으로 생각되는 또 한분의 연사가 있습니다. 아직 확신이 가시지 않으시는 분이 있으시다면, 교회에 대한 뛰어난 충성으로 이름이 높은 가문의 출신이신 저 리챠드 브리토씨가 확신을 주실 수 있으리라 봅니다. 자, 리챠드 브리토씨, 말씀하시지요.

기사4   우리일원들을 이끄시는 분이신 레지날드 핏츠 얼스 씨는 말할 것도 없고, 저보다 앞서 말씀하신 분들은 모두 요점을   530 아주 잘 말씀해 주셨습니다. 그분들의 주장에 대해 특별히 덧붙일 것이 저로서는 없습니다. 제가 말씀드려야 할 것은, "누가 대주교를 죽였는가?"라는 질문 하나로 표현될 수 있겠습니다. 여러분이 저 유감스러운 장면을 목격했기에 제가 그 문제를 이러한 방식으로 제출하는 것에 대해 어떤 놀라움을 느끼신다 해도 무리가 아니겠습니다.

But consider the course of events. I am obliged, very
briefly, to go over the ground traversed by the last
speaker. While the late Archbishop was Chancellor,
no one, under the King, did more to weld the
country together, to give it the unity, the stability,
order, tranquil- lity, and justice that it so badly
needed. From the moment he   540
became Archbishop, he completely reversed 'his policy; he
showed himself to be utterly indifferent to the fate of the
country, to be, in fact, a monster of egotism. This egotism
grew upon him, until it became at last an undoubted mania.
I have unimpeachable evidence to the effect that before he
left France he clearly prophesied, in the presence of
numerous witnesses, that he had not long to live, and that
he would be killed in England. He used every means of
provo- cation; from his conduct, step by step, there can be
no inference except that he had determined upon a death
by martyrdom. Even at the last, he could have given us
reason: you have seen how he   550
evaded our questions. And when he had deliberately
exasperated us beyond human endurance, he could still
have easily escaped; he could have kept himself from us
long enough to allow our righteous anger to cool. That
was just what he did not wish to happen; he insisted,
while we were still inflamed with wrath, that the doors
should be opened.

그러나 사건의 경위를 곰곰이 생각해 보십시오. 저는 아주 간략하게 나마 마지막 연사가 다루었던 사건의 배경을 간추려 보아야 할 것 같습니다. 죽은 대주교가 법관으로 있을 당시에는 국왕을 모신 자 중에서 아무도 그분만큼 국가가 절실히 요구했던 국가의 단결이나, 통일이나, 안정이나, 질서나, 평화나, 정의를 위해서 힘을 다하신 사람은 없었습니다. 그런데 그가 대주교가 되자마자, 그는 자신의 정책을   540 완전히 바꾸었습니다. 그는 국가의 운명에 철저히 무심해졌고, 그 정도란 사실상 이기심으로 뭉친 괴물이라 할 수 있습니다. 이 이기심이 자라서 급기야 의심할 나위 없는 정신병자가 되기에 이르렀지요. 그분이 프랑스를 떠나기 전에 그는 여러 증인들 앞에서 명백하게 자신은 오래 못 살 것이고 영국에서 죽임을 당할 것이라고 예언을 했던 사실에 대한 반박할 수 없는 유효한 증거를 갖고 있습니다. 그는 갖가지 방도를 써서 충동질했지요. 그의 행위를 단계별로 따지고 볼 때, 순교를 통해 죽음을 작정했다는 외의 추론은 있을 수 가 없습니다. 마지막 순간에서도 그는 우리에게 이유를 댈 수도 있었는 데도, 여러분은 그가 어떤 식으로 우리의 질문들을   550 회피하고 있었는지를 보셨습니다. 그가 고의적으로 우리를 인간이 참을 수 있는 한도 이상으로 약이 오르게 해놓았을 때도 아직 충분히 몸을 피할 수 있었고 우리의 의분이 가라앉을 때까지 숨어있을 수도 있었습니다. 그런데 그는 다만 그런 것을 원치 않았습니다. 그자는 우리가 격분에 불타고 있는 데도 문을 열라고 고집을 부렸습니다.

Need I say more? I think, with these facts before you, you will unhesitatingly render a verdict of Suicide while of Unsound Mind. It is the only charitable verdict you can give, upon one who was, after all, a great man.

FIRST KNIGHT   Thank you, Brito, I think that there is no more to be   560
said; and I suggest that you now disperse quietly to your homes. Please be careful not to loiter in groups at street corners, and do nothing that might provoke any public outbreak.

Exeunt KNIGHTS

FIRST PRIEST   O father, father, gone from us, lost to us, How shall we find you, from what far place Do you look down on us? You now in Heaven, Who shall now guide us, protect us, direct us? After what journey through what further dread Shall we recover your presence? when inherit Your strength? The Church lies bereft,   570
Alone, desecrated, desolated, and the heathen shall build on the ruins, Their world without God[150]. I see it. I see it.

THIRD PRIEST   No. For the Church is stronger for this action, Triumphant in adversity. It is fortified By persecution: supreme, so long as men will die for it. Go, weak sad men, lost erring souls, homeless in earth or heaven.

더 이상 말 할 필요가 있겠습니까? 이러한 사실들을 앞에 놓
고 여러분은 주저하지 않고 그것이 이상심리에서 빚어진 자
살이라는 판결을 내리게 될 것입니다. 이것이야말로 결국 한
위대한 인간이었던 자에게 대해 여러분이 내릴 수 있는 유
일한 관대한 판결 일 것입니다.

기사1 브리토 고맙소. 내 생각으로는 이제 더 이상 할 말은 없는 560
것 같소. 이제는 해산해서 집으로 조용히 돌아가기를 바라오.
거리의 모퉁이에서 떼를 지어 배회한다든지 또 관중의
폭동을 야기시킬 어떤 일도 삼가기를 바라오.

기사들 퇴장

사제1 오 아버지시여, 아버지시여, 우리를 떠나셨군요, 우리에게서
떠나가셨군요. 우리는 어떻게 당신을 찾을 수 있을까요?
어느 먼 곳에서 당신은 우리를 굽어보고 계시는 가요? 이제
당신은 천국에 계시는군요, 누가 이제 우리를 인도하고,
보호하고, 이끌어 주실 것입니까? 얼마나 더한 두려움을
통과하여, 어떤 여정을 거쳐서야 우리는 당신의 얼굴을
다시 찾을 수 있을까요? 언제서야 당신의 힘을
물려받을 수 있을까요? 교회는 어버이를 여위고,   570
홀로 되어, 짓밟혀지고, 버려진 채, 이단이 폐허위에 하느님150)이
없는 세계를 세울 것입니다. 그것이 눈앞에 보입니다. 보입니다.

사제3 아니요. 교회는 이 행위로 인해 더욱 강해질 것이요. 역경을
통한 승리. 교회는 박해를 통해 굳건해지고, 인간들은 그로
인해 죽는 한, 지고한 자가 될 것이오. 가시오, 약하고 슬픈
인간들이여, 오류를 범하는 상실된 영혼들이여, 땅과 하늘에서
집이 없는 자들이여.

---

150) Their world without God: *The Rock*의 시작부분 코러스와 비교.

Go where the sunset reddens the last grey rock Of

Brittany, or the Gates of Hercules[151]. Go venture

shipwreck on the sullen coasts Where blackamoors

make captive Christian men;   580

Go to the northern seas confined with ice

Where the dead breath makes numb the hand, makes dull

the brain;

Find an oasis in the desert sun,

Go seek alliance with the heathen Saracen,

To share his filthy rites[152], and try to snatch Forgetfulness

in his libidinous courts,

Oblivion in the fountain by the date-tree; Or sit and bite

your nails in Aquitaine. In the small circle of pain within

the skull

You still shall tramp and tread one endless round   590

Of thought, to justify your action to yourselves,

Weaving a fiction which unravels as you weave,

Pacing forever in the hell of make-believe[153]

Which never is belief: this is your fate on earth And we

must think no further of you.

FIRST PRIEST   O my lord The glory of whose new state is hidden from

us, Pray for us of your charity.

가시오. 황혼이 저 영국, 허큘리즈[151]의 문들의 마지막 회색
바위를 물들이는 그곳으로.

가서 음산한 해한에서의 난파를 감행하시오,

피부가 검은 무어족들이 기독교인들 포로로 잡는 곳으로   580
얼음에 갇혀있는 북쪽 바다들을 향해 가시오, 죽은 숨이 손을
마비시키고, 뇌수를 흐리게 하는 그곳으로 사막의 태양가운데서
오아시스를 찾으시오.

가서 이교도 사라센 족속과 동맹을 맺고 그의 더러운 의식[152]들을
공유하고, 그의 욕망의 궁정에서 망각을 탈취하시오 대추나무 곁
우물의 망각, 혹은 앉아서 아퀴테인속에서 손톱을 뜯으시오
당신의 행위를 당신자신에게 정당화시키고자 당신은

두개골 속에 자리한 고통의 작은 원 속에서

여전히 끝없이 지속되는 생각의 회전을 짓밟고 또 짓밟을
것이오.   590

당신이 짤 때 동시에 해체되는 허구의 이야기를 짜면서, 결코
믿음[153]이 아닌 믿도록 강요된 지옥속에서 영원히 배회하며.
이것이 지상에서의 당신의 운명. 우리는 더 이상 당신에 대해서
생각하지 말아야 마땅할 것이오.

사제1　　오 나의 주님이시여 당신이 계신 새로운 자리의 영광이
우리로부터 가려져 있습니다. 우리를 위해 당신의 자비를
기원해 주옵소서.

---

151) the Gates of Hercules: 지브랄탈 해협을 일컫는 고전적 명칭.

152) To share his filthy rites: 세 번째 사제는 이슬람 종교를 별로 잘 알지 못하고 있음을
볼 수 있다. 이슬람종교에는 "filthy rites"가 없고 하나의 금욕주의요, 무사종교이며, 기
독교와 함께 구약을 나누고 있다. 사라센들은 선지자(The Prophet)의 추종자들이었고,
술이 금지 되었다. Libidious courts란 고로 그들에 대한 또 다른 중상이 되고 있다.

153) Pacing forever in the hell of make-believe: 세 번째 기사는 살인자들의 운명에 쾌감
을 느끼고 있는 듯하다. 성자가 아닌 자로서는 그들의 적을 용서하기가 어렵다.

SECOND PRIEST   Now in the sight of God Conjoined with all the saints
and martyrs gone before you, Remember us.

THIRD PRIEST   Let our thanks ascend

To God, who has given us another Saint in Canterbury.   600

CHORUS   [*while a Te Deum is sung in Latin by a choir in the
distance*]. We praise Thee, O God, for Thy glory
displayed in all the creatures of the earth, In the snow,
in the rain, in the wind, in the storm; in all of Thy
creatures, both the hunters and the hunted. For all
things exist only as seen by Thee, only as known by
Thee, all things exist Only in Thy light, and Thy glory
is declared even in that which denies Thee; the darkness
declares the glory of light. Those who deny Thee could
not deny, if Thou didst not exist; and their denial is
never complete, for if it were so, they would not exist.
They affirm Thee in living; all things affirm Thee in
living; the bird in the air, both the hawk and the finch;
the beast on the earth, both the wolf and the lamb; the
worm in the soil and the worm in the belly. Therefore
man, whom Thou hast made to be conscious of Thee,
must consciously praise Thee, in thought and in word
and in deed. Even with the hand to the broom, the back
bent in laying the fire, the knee bent in cleaning the
hearth, we, the scrubbers and sweepers of Canterbury,

사제2 이제 하느님이 보시는 가운데 당신 앞서서 먼저 가신 모든
성자와 순교자들이 하나가 되었습니다. 우리를 기억하소서.

사제3 우리의 감사가 캔터베리에 또 다른 성자를 주신 하느님께
상달되게 하옵소서.   600

코러스 *(멀리서 성가대가 라틴어로 부르는 테데움이 들린다)*
오, 하느님, 당신을 찬양하나이다. 눈, 비, 바람, 폭풍속에,
지상의 모든 피조물 속에 드러난 당신의 영광이여. 사냥꾼들과
사냥감 모두, 당신의 모든 피조물 속에. 모든 것들은, 당신을
통해서만 보여 지고 알려지며 존재합니다. 오직 당신의 빛을
통해서, 당신의 영광은 당신을 부인하는 존재를 통해서 조차
선포됩니다. 당신이 존재하지 않는다면 당신을 부인하는 자는
부인할 수가 없습니다. 그들의 부인은 결코 완전할 수가
없습니다, 그렇다면 그들은 존재하지 않았을 테니까요. 저들은
살아있음으로써 당신의 존재를 증명합니다. 모든 존재들은
살아있음으로써 당신의 존재를 증명합니다. 공중의 모든 새들,
매와 작은 카나리아도, 땅위의 모든 짐승들, 여우와 양도,
흙속의 벌레들까지도 뱃속의 회충들까지도 당신의 존재를
기억하도록 하기 위해 당신이 지으신 인간은 생각과 말과
행동으로 당신을 존재를 의식하면서 찬양할 수 밖에 없습니다.
비를 든 손으로, 불을 지피며 구부린 등으로, 벽난로를
소제하는 구부린 무릎으로, 캔터베리의 청소부들인 우리들은

The back bent under toil, the knee bent under sin, the hands to the face under fear, the head bent under grief, Even in us the voices of seasons, the snuffle of winter, the song of spring, the drone of summer, the voices of beasts and of birds, praise Thee.   610
We thank Thee for Thy mercies of blood, for Thy redemption by blood. For the blood of Thy martyrs and saints Shall enrich the earth, shall create the holy places. For wherever a saint has dwelt, wherever a martyr has given his blood for the blood of Christ, There is holy ground, and the sanctity shall not depart from it Though armies trample over it, though sightseers come with guide-books looking over it; From where the western seas gnaw at the coast of ona, To the death in the desert, the prayer in forgotten places by the broken imperial column, From such ground springs that which forever renews the earth Though it is forever denied. Therefore, O God, we thank Thee Who hast given such blessing to Canterbury.   620
Forgive us, O Lord, we acknowledge ourselves as type of the common man, Of the men and women who shut the door and sit by the fire;

노동으로 구부러진 등과, 죄로 굽혀진 무릎과, 공포로 얼굴
을 가리는 손과, 슬픔으로 수그린 머리로
계절의 소리들 속에서, 겨울의 바람소리, 봄의 노래, 여름의
가뭄, 짐승과 새들의 음성으로 당신을 찬양합니다.   610
당신의 보혈의 자비와 사랑과 구속에 감사합니다.
당신의 성자와 순교자들의 보혈이 대지를 풍요롭게 하며,
성스러운 장소들을 창조해 줍니다.
성자가 산 곳은 어디든지 순교자가 그리스도의 보혈을 위
해 피흘린 곳은 어디든지 그곳은 성스러운 땅이 됩니다.
신성은 그곳에서 영원히 솟아오릅니다.
비록 군대가 짓밟을지라도, 여행 안내서를 든 관광객들이
그곳을 지나쳐버릴 지라도,
사막에서의 죽음에로 이를 때까지 그곳으로부터 서쪽 바다
가 이오나 해안을 갉아들어 갈지라도,
부서진 궁전 기둥 옆 잊혀진 장소에서의 기도, 영원히 거부
된 곳일지라도,
그곳에서 영원히 이 땅을 새롭게 해줄 것이 솟아오릅니다.
오! 하느님! 그런고로 켄터베리에 그러한 축복을 내려주신
당신께   620
감사를 드리나이다. 주여, 우리를 용서하소서.
이제 우리는 우리자신이 문을 닫고 불 곁에 앉아 있는 남자
와 여자일 따름인 보통 사람의 부류임을 깨닫습니다.

Who fear the blessing of God, the loneliness of the night
of God[154], the surrender required, the deprivation
inflicted; Who fear the injustice of men less than the
justice of God; Who fear the hand at the window, the
fire in the thatch, the fist in the tavern, the push into
the canal, Less than we fear the love of God. We
acknowledge our trespass, our weakness, our fault; we
acknowledge
That the sin of the world is upon our heads; that the
blood of the martyrs and the agony of the saints Is
upon our heads.
Lord, have mercy upon us.   630
Christ, have mercy upon us.
Lord, have mercy upon us.
Blessed Thomas, pray for us.

하느님의 축복을, 하느님154)의 밤의 고독을,

요구되는 항복을, 겪어야 될 박탈을 두려워했습니다.

하느님의 정의보다 인간의 정의를 두려워했습니다.

하느님의 축복과 사랑을 알지 못했습니다.

창에 와 닿는 도둑의 손과 지붕위에 붙는 불과

주막의 싸움을 무서워했습니다.

우리는 우리의 죄와 약함과 과오를 깨닫습니다. 머리에

드리운 세상의 죄를 깨닫습니다.

순교자의 피와 성자의 고뇌를 느낍니다.

주여, 우리에게 자비를 베푸소서.   630

그리스도여, 우리에게 자비를 베푸소서.

주여, 우리에게 자비를 베푸소서.

축복받은 토마스여,

우리를 위해 기도해 주옵소서.

---

154) the loneliness of the night of God: "영혼의 신과의 결합에 이르는 여행이 밤으로 불
리 우는 데는 세 가지 이유가 있다. 첫째는 영혼은 모든 세속적인 소유에도 불구하고
점차로 욕정을 제거해야한다는 관점에서인데, 이 거부와 제거는 인간의 전 감각에 대
한 밤이다. 둘째 이유는 영혼이 저 결합을 향해 나아가기 위해 밟는 수단이며 길인
신앙이란 이해에 대하여 밤만큼 어두운 것으로 보아지기 때문이다. 셋째로는, 여행이
향하는 지점은 신으로서, 이 신은 이생에서는 영혼에 대해 어두운 밤이라는 점에서이
다." (*The Complete Works of St. John of the Cross*, translated and edited by E.
Allison Peers, in 3 volumes, 1947, Vol. Ⅰ, pp.19-20 참조) 이 각주는 네빌 콕힐
(Nevill Coghill)의 *T. S. Eliot: Murder in the Cathedral* (London: Faber & Faber,
1965) 에 수록된 주의 도움을 받음.

· 옮긴이

김한
동국대학교 문과대학 영어영문학과교수

이화여대 영문과 동 대학원 영문과(석사) 졸업 후,『문학사상』에 "도에프스키의 지하 생활자의 수기", "방랑의 끝을 쌓는 바벨탑: 위대한 게츠비", "민요와 자장가를 통해 본 미국의 민족성" 등의 글 외에, 새로 쓴 동화 "개미와 베짱이"를 발표했다. 미국 La Verne대 대학원 영문과 졸업 후, 가톨릭 대(전 성심여대) 전임강사를 지냈고, 동국대 영문과 교수로 재직시 영국 Cambridge대, London대 King's College 객원교수를 지냈다. 저서로는 *T.S. Eliot: Murder in the Cathedral with Introduction and Notes*,『영미극작가론』(공저),『그리스 로마극의 세계』I(공저),『셰익스피어 작품해설』II(공저),『영화속의 문학』(공저) 외에 다수의 공저가 있고, 역서로는『셰익스피어 비평연구』(윤정은 편: 공역),『샬롯테의 거미줄』(E. B. White, *Charlotte's Web*),『그대 타오르는 불꽃이여』(Khalil Gibran, *Beloved Prophet*) 등을 펴냈고, 논문은 "폴리스와 희랍비극", "영미문학배경으로서의 양대 인간이해 전통", "*King Lear* scandal론의 극복", "*Macbeth* as everyman" 외에 셰익스피어와 고전극에 대한 다수의 논문이 있다.

Murder in the Cathedral
대성당의 살인

T.S.엘리옷 지음 / 김 한 옮김

초판 1쇄 발행일 2007. 10. 12

ISBN 978-89-5506-335-6

펴낸곳

도서출판 동인 / 펴낸이 · 이성모 / 주소 · 서울시 종로구 명륜동2가 237 아남주상복합Ⓐ 118호 / 전화 · (02)765-7145, 55 / 팩스 · (02)765-7165 / Homepage · www.donginbook.co.kr / E-mail · dongin60@chol.net / 등록번호 · 제 1-1599호

정가 9,000원

※잘못 만들어진 책은 바꾸어 드립니다.